野人

那些回不去的年少時光

［中］

桐華 著

目錄

第一部

第二部

Chapter 20

快樂的暑假

羨慕是一件很微妙的事，向前走一步，可以變為欽佩，將其視作榜樣；向後退一步可以變為嫉恨，將其視作敵人。沒有人是完全的天使，也沒有人是完全的魔鬼，所以，羨慕變成了妒嫉，成了心魔，令人在前前後後中掙扎。

雖然有著不少陰影，可國二的暑假，在我的記憶中仍然是一個溫馨快樂的假期。

曉菲的媽媽不讓她出門，但非常歡迎我去她家，所以我經常下午去找曉菲，和曉菲窩在她家沙發上一起看電視、吃零食。

我們聊未來、聊以後想幹什麼，她對我開書店和烤羊肉串的夢想嗤之以鼻，卻又好脾氣地說：「沒事，我來負責賺錢，保證妳將來不會餓死。」

她在我腳指甲上塗指甲油，研究我的涼鞋配哪個顏色的指甲油最好看，自己卻一點兒都不用。又照著家裡的雜誌研究，看明星怎麼梳，她就在現有條件下，折衷後幫我梳理。她甚至把最漂亮的裙子送給我，努力地把我打扮漂亮，而她似乎已經放棄一切的鉛華，只把自己藏在像男孩一樣的短髮後。

我早上則常陪小波一起溫習功課。

小波非常用功，每天早上六點準時起床，背誦英文。

我們常去學校的人工荷塘邊，他坐在小亭子裡，迎著清風朝陽背誦英文，而我坐在荷塘邊的石頭上，一邊觀賞荷花，一邊用畫筆勾勒它們的亭亭玉立。

畫累了，我就看小波背書，有時候無聊起來，也會故意打擾他。

小波的定力異常強大，如果他決定了今天要背完多少東西，他就一定要背完，不管我在一旁做什麼，都無法打擾到他。

我不服氣，不相信他真的可以不分心，總是想盡辦法地逗他，但不管我說什麼，他都不理會我，於是我開始大聲唱歌。

學歌廳裡的姐姐們，在他眼前扭來扭去、拋媚眼，嬌滴滴地唱：「送你送到小村外，有句話兒要交代，雖然已經是百花開，路邊的野花你不要採，記著我的情，記著我的愛……」

沒反應？

我跳到小波前面的木欄杆上，好像站在舞臺上，捲起一張畫紙當麥克風，咬著舌頭，用含糊不清來充作唱的是粵語歌，一會兒低頭沉思，一會兒倚欄張望，做出各種痛心疾首的哀怨樣子。

「人漸醉了夜更深，在這一刻多麼接近，思想彷似在搖撼，矛盾也更深，曾被破碎過的心，讓你今天輕輕接近……」

還是沒反應？

我跳下欄杆，繞著小波走圈子，邊走邊氣壯山河地大聲唱：「起來！不願做奴隸的人們！把我們的血肉築成我們新的長城……」

小波拿著英文課本，眼睛望著某個虛空，沒有半點兒反應，亭子外面卻是「砰」的一聲，一個人跌坐到地上，緊接著傳來一陣笑聲。

學校正在放假，這時才早晨七點，我以為池塘邊只有我和小波，所以絲毫沒有顧忌地暴露原形，沒想到陳勁坐在亭子旁邊的花叢裡寫生，大概是看我洋相百出，感到太震驚，把畫架子都打翻了，為了救畫，人又跌到地上。

我窘得簡直想找個地洞去鑽，不過我是誰，我羅琦琦早被聚寶盆訓練得油鹽不進了。當下不以為恥，反而先聲奪人，衝過去指著陳勁教訓：「你幹麼躲在這裡偷看？」

「我六點就來了，比你們先到，就算是偷看，也是妳想偷看我吧？」陳勁先站起來，又扶起畫板，仍然在笑。

畫板上是一幅被弄髒的朝露荷花圖，雖然只是素描，卻比我的水彩畫更傳神，我盯著看了幾眼，不禁感嘆，天才就是天才，連畫畫都勝人一籌。

他撿畫筆時，我才發現自己腳下有一枝畫筆，已經被我踩斷。

他笑著說：「沒事，我有很多枝。」

我瞪了他一眼，轉身就走。

走進亭子，發現小波他老人家仍在默默背誦著英文，連姿勢都沒換一點兒，書倒是翻了一頁。

我算是服了他，挫敗地坐回石頭上，拿起畫筆，盯著池塘的荷花發呆，直到小波完成今天的學習任務，他才叫我一起走。

後來，我們常常在荷塘邊碰到陳勁，他也在學畫畫，只不過練習的是靜物素描。我不和他說話，他也不搭理我們，各自在各自的角落裡做事情。

有一天，他看了小波半晌，突然走過來對小波說：「學習英文不是你這麼學的，英文是一門語言，它最主要的功能就是『說』，你整天默背默誦，再用功都是事倍功半的笨方法。你應該大聲讀出來，不必刻意強求自己背下來，只需要反覆讀，以朗朗上口為目的，時間長了，你自然會培養出語感。有了語感，你做選擇題時，有時候完全不用理會文法，只需讀過去，你的舌頭會告訴你哪個選項正確。」

小波忙說：「謝謝你。」

陳勁淡淡說：「不用謝。中國人剛開始說英文都會有些滑稽，不用不好意思，也不用管人家怎麼看你，放大聲音讀就行了。」說完，背著畫板走了。

小波立即從善如流，開始大聲朗讀，果然有些滑稽可笑。我哈哈大笑起來，小波旁若無人的功夫也很厲害，他自己讀自己的，絲毫不管別人如何笑。

等他讀累了，我們往回走的時候，小波說：「沒想到神童這麼有閒情逸致，並非傳聞中的讀書機器。」

我說：「他學畫畫肯定不是一時興趣，絕對有自己的打算。他這人很奸猾的，可別被他的表面樣子給騙了，我國小和他坐同桌時，沒被他少戲弄。」

小波笑：「很有意思的人。」

我也笑：「和我們不是一個世界的人。」

暑假過完，新的學期開始。

因為曉菲沒有參加期末考試，學校決定用她兩學年的平均成績為標準，於是被分到了前段班二班。而張駿進了後段班七班，我以班級第一的名次進了四班，班上的第二名則是關荷。

當我去報到時，看到紅榜上的這個排名，有種很不真實的感覺，我竟然在關荷前面？學校有沒有搞錯？

我就像作夢一樣走進教室，在最後一排的角落裡坐下。

關荷走進教室時，班裡已經坐了一大半的人，好幾個同學向她打招呼，叫她過去坐，也有很多男生都盯著她看。

我淡淡地想，她仍然這麼受歡迎。

關荷的視線在班裡轉了一圈，微笑著謝絕了大家的邀請，徑直走到我旁邊，問：「有人嗎？」

我搖搖頭，她坐下，跟我打招呼：「嗨，好久不見。」

我扯了扯嘴角，算是笑容了：「嗯。」

對妳，的確是好久不見；對我，我可是一直都在留意妳。

過一會兒，班導師走了進來，是一個從實驗中學新調過來的女數學老師，據說教學經驗豐富。她進來後，先自我介紹：「我姓吳，未來的一年，我們要一起度過，我希望我的努力能把你們都送進好的高中。」緊接著就問，「誰是羅琦琦？」

她的眼光熱情地在前幾排搜索，同學們的眼光卻齊刷刷地往後看。

我過了一會兒，才心不甘情不願地把手舉起來，她對我坐在最後排的角落裡有些意外，但仍很熱情地對我笑了笑。

吳老師接著又問：「誰是關荷？」

「我是。」關荷微笑著站起來。

吳老師更詫異了，第二名也窩在最後面？還和第一名同桌？很不符合她所認知的好學生定律。

她笑著點頭：「坐吧！」

關荷坐下，吳老師看著我們倆說：「未來一年，我會盡力，也希望妳們倆能幫助我一塊兒努力，創造良好的學風，幫助同學們一塊兒進步。」

關荷微笑著點頭，我低著頭，盯著桌子發呆，我已經做習慣了差等生，很不適應老師的熱情和關注。

吳老師說：「我想先和大家認識一下，然後我們大掃除，大掃除後分配座位，如果有特殊需求的同學可以告訴我。羅琦琦，妳來負責帶領大家掃地；關荷，妳來負責帶領大家擦玻璃。」

我皺眉頭，這老師上任前究竟有沒有打聽過我是什麼樣的人，竟然如此唯成績論？

她對著手中的成績單，把全班同學的名字點了一遍，大致認識了一下，然後就離開了，把一個假期沒打掃的教室留給了我們。

同學們都看著我和關荷，我站起來，拉開後門，面無表情地走出了教室。他們愛怎麼打掃就怎麼打掃，和我無關。

國中三年級都在三樓，一班、二班、三班在另一個走廊，如果直接從三樓走，中間要經過老師的辦公室，我不想和吳老師撞個正著，打算從另一側的樓梯下樓，從二樓繞一下。

還沒到七班，就聽到張駿說話的聲音，從大開的窗戶裡，看到他站在講臺上，面上透著無奈。底下同學的表情和剛才的四班截然不同，分完了前後段班後，一堆好學生坐在一起，一堆差等生坐在一起，形成的氣氛差別還真大！

我們年級最囂張的幾個差等生正好都在七班，很有占山為王的土匪窩的感覺。我懷疑學校是故意的，就如同六班是前段班裡的優等班，七班應該是後段班裡最差的班級，國中部的教學主任大概已經打算要放棄這個班，由著他們一群差等生互相耽誤。

張駿在七班，算是差等生中的好生，看這架勢，應該是被老師指派為班長，我不禁笑起，這老師運氣真好，蒙對人了！若讓一般的「好學生」去管理一屋子差等生，只怕管到最後，好學生也要變成差等生。

張駿雖然在學校裡蔫蔫的，不鬧事，也不搞小動作，靠皮相和緋聞出名，而非靠喝酒抽菸打架出名，可他要願意，鎮住幾個小混混倒不在話下。

我看到張駿時，他也自然看到了我，或許是我嘴角的笑意讓他有些意外，他正在說的話頓時停住，似乎有些忘詞，底下的學生立即哄堂大笑，有幾個甚至敲桌子。

張駿倒好脾氣，只微笑地看著他們，耐心地等他們敲累了，他才再說。

可那個女老師卻受不了了，不停地大叫：「安靜，安靜！」她的「安靜」聲淹沒在眾人的嘲笑聲中。

我笑著下了樓，從二樓繞到另一頭再上去。

一班在開班會，聚寶盆在講話，底下的學生當然不能和好班比，但也還算老實，看來學校挺重視聚寶盆，這次讓他帶畢業班，應該是一個鍛鍊。

二班和三班都在打掃環境，林嵐和曉菲站在凳子上擦玻璃，我走過去，站到她們面前，曉菲立即問：「妳怎麼過來了？你們班不用打掃嗎？」

林嵐笑：「她肯定又逃了，現在膽子越來越大，四班的班導師以為撿個寶，不料是個禍害。」

我問：「你們班長是誰？」

「沈遠思。」

「沈遠哲的妹妹？」我放下心來，沈遠思以前就和曉菲同在二班，兩個人關係還不錯，曉菲未來的日子，應該沒什麼風波。

曉菲說：「就她，兄妹倆都是班長，倒挺有意思。」

林嵐說：「兄妹倆成績都好，處事能力很強，長得也都好，將來不管碰到什麼，都能有商有量，看到他們，突然覺得我們這樣的獨生子女很可憐。」

曉菲用力點頭，表示同意。

我沒吭聲，我還是寧願自己是獨生子女。

我就站在一旁和曉菲、林嵐聊天，看她們玻璃都擦完了，我才又取道二樓回到教室，教室已經煥然一新。

同學們看我的眼光很特殊，我完全無視，我的極品神功早就不是他們能洞穿的了。

正在找座位坐，關荷叫我，她竟然特意把她身旁的位置留給了我，別的座位都已經有人，我只能默默地坐到她身邊。

吳老師進來，開始宣布班幹部的名單。

班長是一個剛從西安轉學過來的男生，叫李杉，吳老師介紹說，他以前就擔任班長，有管理班級的經驗。

關荷是學習委員，兼任國文課小老師。

我則被委任為數學課小老師，別看只是一個數學課小老師，那可是班導師的課，小老師往往會有很多特殊權利。

這是我人生第一次的官職。小時候曾經無限渴望過，如今卻只覺得無奈，我想我能明白張駿當班長的心情了。

吳老師又分配了座位，我和關荷仍坐同桌，被安排在教室正中間。

吳老師饒有深意地說：「希望妳們倆互相幫助、互相促進，為全班同學做表率，帶領全班同學共同創建良好的學風。」

就這樣，我的國三生活拉開了序幕。

我身邊坐著我仰慕的人，我嫉妒的人，我喜歡的人所喜歡的人，一個時時刻刻提醒著我什麼都不是的人。

一如以往，關荷的氣質風度很快就征服全班同學的心。

我們的班長李杉同學也未辜負吳老師的厚望，他成績好，待人處世穩重大方，很快就在同學中建立了威信，他和關荷一陽剛一溫柔，將我們班管理得井井有條。

班級無比和諧，唯一的不和諧之音就是我。

學校每兩週舉行一次壁報評比，優勝者有加分，據說這個分數會影響到優秀班集體的評選，也會影響班導師的獎金，所以班導師和班幹部們都很重視。

李杉聽聞我會畫畫，邀請我為班級的壁報比賽出力，我絲毫未給情面地拒絕了。從小到大，我最缺乏的就是集體榮譽感。

關荷又來再度邀請我，我說：「我只學了一年多，還沒資格拿給人看。」

關荷微笑著說：「宋晨負責文案，我負責板書，希望妳能負責配畫。會畫畫的人不難找，其實李杉就會畫畫，但我覺得妳會有別出心裁的創意，我們需要能讓人眼前一亮的設計。妳先試試，如果真不喜歡，再退出不遲。」

我心裡暗暗嘆氣，同樣的事情，從她的嘴裡說出來，總是讓聽的人感到無限舒服，對她，我說不出拒絕的話，所以我答應了。

太多年過去，很多做壁報的細節我都忘記得差不多了。只記得我和關荷都是完美主義者。她能因為藍色和淺藍色的差別，把書寫了四、五個小時的板書全部擦掉，從頭再寫。我會因為一篇文章，畫四、五幅圖，讓大家提意見，再反覆修改到自己滿意為止。

在兩個有些偏執的人的合作下，我們班的壁報連第二名都沒有拿過，永遠的第一，李杉打趣我和關荷是「雙劍合璧，天下無敵」。

常常是全班同學都走了，我、關荷、李杉仍然在教室裡幹活。我和關荷忙到專注時，都會忘記吃飯，李杉就去幫我們買麵包和飲料。

等他買好吃的，就會招呼我們先吃東西。

我和關荷坐在教室的桌子上，一邊吃著東西，一邊欣賞著自己的勞動成果，而此時就輪到李杉幹活了，他負責校對和潤色工作。

關荷唱歌很好聽，也喜歡唱歌，她常常坐在課桌上，邊搖晃著腳邊唱歌，幾乎所有的流行歌她都會唱，李杉點什麼，她就能唱什麼；而我則享受著美妙的歌聲，一邊喝著飲料，一邊看著李杉忙碌。偶爾，我也會搖頭晃腦地和關荷一起唱歌，不過，就是跟著她哼唱，像是一個低音伴奏。

有一次，我們正唱得開心，我一側頭，看到張駿站在走廊裡，正透過玻璃窗看著我們，目光異常專注，即使我發現了他，他也沒有移開目光。我有一瞬間的錯愕，幾乎覺得他看的是我，可緊接著就明白自己錯了，他看的是我旁邊的關荷。

關荷也看到了他，衝著他揮手打招呼，張駿就走了進來，背靠著牆壁，雙手交叉於胸前，看著我們的壁報。

關荷依舊唱著歌，我跳下桌子，和李杉一起畫最後一幅插圖，盡量忽視張駿的存在。

不知道為什麼張駿一直沒有離開，李杉和關荷都沒意見，我自然也不能發表任何意見，他就一直看著我們做壁報。

也許是因為關荷快樂的歌聲，也許是因為張駿的目光一直看著壁報，我竟沒有生出一絲嫉妒，我甚至享受著他在一旁的幸福感覺，用心把圖畫得更好。偶爾一個回頭間，和他的視線相撞，我仍會匆匆回避，卻沒有了往日的尖銳。

我們一句話都沒有說，可那一天，是我和張駿自小學以來，相處時間最長的一次，也是我的國中記憶中最平淡溫馨的一幕。

以至於多年後，我曾很用心地想描繪出當年的一幕：黃昏時分的大教室，光線柔和溫暖地灑進來，一個美麗的女孩坐在課桌上，愉快地唱著歌；一個女孩和一個男孩在黑板前，時而站起，時而彎身，細心地畫著畫；一個英俊的男孩靠在牆上，抱著雙臂，專注地凝視著他們。

可惜，無論我怎麼畫，我都畫不出記憶中的樣子。

我們的新班導師吳老師對我極其熱情、極其好，我平生第一次碰到對我這麼熱情的老師。她下課後，會特意叫我到她辦公室，給我參考書，用筆勾勒出重點例題；每一次上完課，她會走到我桌邊問我，這節課講得如何，甚至颳風下雨的時候，她會特意提醒我注意穿衣服。

可她不知道我對老師有心理障礙，我已經習慣和老師保持距離，在這個世界上，除了高老師，我不可能再接受任何老師走近我。

如果她像曾紅一樣，我至少還能做一個正常的學生，可她的熱情、偏愛讓我害怕，她越熱情，我越冷漠，她越想接近我，我就越想逃避她。

我能感受到她受到了傷害，大概做為老師，她從來沒有遇過如此「不識抬舉」的學生，她是那麼想把我高高地舉起來，可我那麼迫切地想融入人群，恨不得她永遠不要理會我。

她的熱情在我的冷漠面前頻頻受挫折，她的參考書我原封不動地還給她，她每次和我交談，我都惜字如金，甚至讓她在全班同學面前下不了臺。

當她看到我臉色不好，關心地問我是否病了，想來摸我的額頭時，我會躲開她，冷漠地回答：「我不是小孩，我知道自己有沒有生病。」

甚至，我為了讓她討厭我，故意不交數學作業，故意在她的課睡覺。

終於，她知道我是頑石，不是美玉，她只好放棄我，把她的熱情轉向關荷。關荷沒有辜負她，心懷感激地用做一個更優秀的學生來回報她，吳老師則享受著她的付出所帶來的成就感。

我開始心安，安靜地做自己的事情。

坦率地說，吳老師是個很負責任的班導師，全心在帶我們班，每天早到晚走，除了明顯偏愛好學生沒什麼不好，不過，哪個老師不喜歡好學生呢？

可是她教數學熱情有餘，邏輯欠缺，她的課我聽了幾次後，就發覺不如節省時間自己看書。

不過，我看的不是課本，而是偵探故事，起源於關荷借給我的《福爾摩斯》，我太喜歡這種智力的較量，愛上這一類書，開始瘋狂地看各種懸疑故事，關荷為我掩護，老師們裝作沒看見。

不知不覺中，我開始和關荷交談，她介紹她最喜歡的小說，告訴我為什麼喜歡；我也推薦她我最喜歡的小說，同樣附上喜歡的理由。我們交流對人物的看法和理解、對世界的認識，和她討論得越多，我越對她「高山仰止」。

在同齡人中，我從沒遇見思想像她那麼成熟、深邃的女孩，她表面上如普通的十六歲少女，可她的思想也許已經超過二十六歲。

我一直覺得自己早熟，可我的早熟帶著偏激、叛逆和邪惡，而她的早熟，卻帶著人生的隱忍、包容和智慧。

她讓我無比迷惑，在崇拜她的同時，我卻更加痛苦。我覺得我這輩子，無論如何也不可能超過她。我的人生中幾乎沒有目標，唯一藏在內心最深處的目標，卻令人如此絕望！

期中考試成績下來，關荷第一，我第六，吳老師很滿意，她覺得這個排名才正常。說句老實話，我也覺得這才正常。

曉菲再次成為二班的第一，她嘻嘻笑著警告我少看閒書，多努力，別讓她贏得這麼沒成就感。

我不吭聲，其實不是我沒有認真復習，我是有控制地在看閒書，該認真的時候我也沒含糊，這個成績是我如今水準的真實反映，上一次的班級第一僥倖的成分更多。

我的理科成績和關荷差不多，但是關荷的英語超過我太多。進入國三後，所有的科目都開始匯總，考試不再僅僅考一個學期的知識，而是考整個國中所學到的知識。因為和聚寶盆鬥氣，我國一、國二的英語都學得很爛，如今開始自嘗惡果。

因為英語的基礎差，我聽不進去，也聽不懂，就沒興趣學，導致英語更差。成績更差，我當然更聽不進去，更沒興趣學，我跌入了一個惡性循環。

心裡十分明白，可我不知道怎麼去糾正，也會想認真聽講，把英文成績提高，可聽到老師講的英文單字我根本不認識，文法我也糊裡糊塗，聽不懂她講什麼時，不知不覺中就跑神了，等回過神來，一堂英文課已經結束，作業自然也不會做。

我就在每天都下決心一定要好好學習英文，卻每天都做不到中虛耗著時光。想把英語成績提高，成了一個不可能完成的任務，基礎沒打好，就像沒有地基的房子，似乎永遠不可能拔地而起。

看著關荷輕而易舉地拿著九十多分，我開始後悔自己當初因為討厭聚寶盆而不學英語的行為。我討厭他，不聽他的課，當時覺得很解氣，最後害的卻是自己，於聚寶盆無絲毫影響，人家繼續當人家的英語老師。

因為有了中考的壓力，國三的氣氛變得凝重許多，七班卻給凝重的三年級帶來了幾分喜感。

剛開學一週，七班內部就分成兩派，打了一次群架，把教室的桌子砸爛了兩張，一個學生被打得頭破血流，送進醫院急救室，校長親自出面訓話，記了幾個人警告處分，不過這些人壓根兒沒打算上高中，哪裡在乎警告？學校大約也開始後悔，不該把一幫魔王分到一起。

張駿的班長做得十分軟弱無能，聽說打群架的時候，他害怕得躲到操場上跑步去了，跑了十圈回來，正好趕上送重傷者進醫院，避免鬧出人命，所以功過兩抵，學校也沒追究什麼。

其實，學校想追究也追究不了，撤了張駿，也沒別人願意當這個班長，享受不到做班長的威風，反倒要擔心一個不小心就被人打。

七班每天都烏煙瘴氣，每週都會出點兒狀況，我們這排的好班女生盡量不往七班的方向去，因為他們班的男生敢公然在走廊上調戲女生，尤其喜歡揀成績好的女生，好幾個女生被調戲得泣不成聲，還不敢告訴老師，否則以後連放學回家的路上都不得安生。大家都只能惹不起、躲得起。

有一天課間活動，關荷去送國文作業，回頭順道幫八班的國文老師把作業帶給八班的國文小老師。送過去時沒什麼，回來時走廊裡站著的幾個七班魔頭，開始胡言亂語，關荷低著頭當沒聽見，但幾個男生卻攔住了她。

我站在走廊一側，側靠在牆上，抱臂靜看著一切。我很好奇，關荷的高雅風度是否會在這種情況下難以維持？

關荷幾次想繞開他們，男生都不讓她走，反倒笑問她穿什麼顏色的內衣。關荷臉漲得通紅，泫然欲泣，卻始終堅強地未哭。

我本來抱著看熱鬧的心態，甚至心裡有看關荷出醜的期望，可看到關荷這個樣子，又開始不忍心。正琢磨著要不要衝上去，把關荷搶救出來，我們班的幾個男生，本就對關荷有愛慕之意，此時看不下去，開始往那邊靠近，甚至五班、六班的男生也紛紛跟上前。

我苦笑著搖頭，原來這就是結果，她的風度不會被破壞。

七班的那幫魔王肯定不會忌憚這幫「書生」，如今倒能欣賞一場好學生和壞學生之間的群架了，可惜沒瓜子配。

我們的訓導主任肯定會氣得吐血，往屆的國三都太太平平，到我們這屆，成績未見比往屆優秀，麻煩事卻很多。

沒想到，我正擺好姿勢想看群架時，張駿從樓梯上來，看到自己班上的男生圍著關荷，立即明白，他幾步就衝了過去，把關荷帶出包圍。那幾個男生大概早就看不慣張駿，此時張駿強出頭，動手理由充分，立即準備開打。

而在張駿護下關荷之時，六班的班長沈遠哲匆匆從教室出來，站在七班和六班中間，攔住所有要過去的男生，在安撫好六班的人之後，他又走過去和張駿站在一起。

學生會會長的分量的確不輕，在他身後，很多男生自發站在一起，明顯地告訴所有人，他們聽憑沈遠哲驅遣。

我靜靜地往前走了幾步，默默地站在一角，雖然沒打算參與群毆，但是如果有人打了沈遠哲，我會把他的面孔牢牢記住，拜託烏賊的小弟請他去醫院休息幾天。

至於張駿，我可不擔心，他四年級就隨身攜帶「兇器」，六年級的學生見到他都繞道走，這些年他又一直跟在小六身邊混，倘若連這幾個假混混都擺不平，哪有資格被道上的人叫「小駿哥」？

情勢一觸即發，沈遠哲自己倒好像沒察覺出氣氛的異樣，竟然笑咪咪地去攬那幾個人的肩膀：「大家同學一場，最後一年了，何必鬧得這麼不愉快呢？你們都是道上混的，將來肯定是有頭有臉的大哥，若讓人知道幾個人欺負一個女孩子可實在沒意思。」

那幾個人不知道是被沈遠哲身後越聚越多的人打退了，還是被沈遠哲的話打動了，總之氣氛就這麼緩和下來。

一場即將發生的群架，竟然變成了沈遠哲和幾個人相談甚歡，彼此交朋友。

我非常震驚，不僅僅是因為沈遠哲的好人緣，而是他那幾句話，我一直以為沈遠哲只是一個心地善良、有能力的好學生，但顯然他並不是傳統意義上的好學生。

張駿完全不理會周圍的一切，只低聲安慰著關荷。關荷一向情緒內斂，早已恢復正常——至少表面上恢復正常。

她對張駿微笑著說：「謝謝。」

張駿笑：「老同學了，不用這麼客氣吧？」

我轉身就走，開始討厭自己竟然在四班，我寧可去一班和三班，至少不和他們一個走廊。

過了一會兒，關荷也回來了，好幾個女生圍著她，唧唧喳喳地安慰她。

有個女生十分八卦，擠眉弄眼地對關荷說：「張駿從來不管閒事的，對妳不一般哦！」

一個趴在我桌子上的女生，笑著說：「我覺得張駿沒什麼，他好像挺怕那幫人，聽說上自習課時，他讓大家安靜一點兒，人家衝他吼『干你屁事』，他連吭都不敢吭，沈遠哲才是真正救了關荷的人。」

關荷微笑著沒說話，秉持自己一貫的原則，從不談論任何人的是非，包括她自己。

她這個樣子又讓我替張駿不值，我把書本拿出來，對一幫女生說：「我要看書了，妳們要聊天就去旁邊。」

談興正濃的女生們不滿地瞪了我一眼後就各自回座位了，關荷如釋重負地吁了口氣，看來她已經忍了很久了。

連著兩天，我都沒和關荷說話，因為我覺得她很討厭、很矯情、很虛偽，就會裝嬌滴滴的柔弱小姐，博取男生的同情和喜歡。

我討厭她！

Chapter 21

摔傷的手

年少時，對時間、對生命缺乏敬畏，行事會任性到肆無忌憚，不會去考慮後果，也不懂得懼怕後果，所以，年少時的錯誤往往都是只要多一點兒理智、克制一下就可以避免的錯誤。但是，當我們明白這個道理時，錯誤常常已經犯下了；當我們還沒犯錯時，任何人苦口婆心的道理，我們都聽不進去。

小波的期中考試成績良好，已經前進到年級八十多名，如果他能進入年級前五十名，根據一中歷年來在全省的表現，他肯定能進入有名的大學，雖然越往前，競爭越激烈，前進越困難，但小波充滿信心。

我和李哥都很開心，李哥特意叮囑烏賊和其他員工，有什麼事，盡量直接找他，不要去打擾小波，讓小波好好備戰高考。

期中考完試後的一個週末，李哥請我、小波、烏賊、妖嬈吃飯，說是為小波祝賀，實際就是找個機會聚一聚，如今見小波不容易，就連我都要跑去高中部才能找到他。

那傢伙真的是拚了命，非要考一個好大學不可。

幾個人邊吃邊聊，中途我起身去廁所，回來時經過一個小包廂，隱約聽到「葛曉菲」的名字，不禁疑惑地停住腳步。

女孩子的哄笑聲中，對話聲時斷時續地傳來。

「真的？才十五歲就墮胎？」

「真的！葛曉菲，聽說成績還挺好，是一中的學生。」

「啊？一中的？那可是省裡的名校，妳還聽說了什麼？趕快講講，她究竟怎麼懷孕的？」

「怎麼懷孕的？當然是和男人睡出來的啊！」

一陣哄然大笑。

「聽說她小小年紀就換過無數男朋友……」

我手足冰涼，不是一切都過去了嗎？為什麼會這樣？

我的耳畔仍然傳來不停的說話聲，我突然暴怒，為什麼這個世界上有這麼多人喜歡談論他人的是非？為什麼喜歡用他人的傷口來娛樂自己？為什麼他們不能只關心自己的事情？

我想都沒想就走了進去，一巴掌搧上坐在門口正傳播謠言的女人臉上，等打完她，我才發現那是張駿的女朋友。

所有人都傻了，沉靜了幾秒鐘，她像頭發怒的野貓一般跳起來打我，她的姐妹們也都反應過來，破口大罵著來打我。

我被她們打倒在地，眼鏡被打掉。

我眼前模糊，感覺自己頭髮被揪住，大概被扯掉了幾縷，腿上也被高跟鞋踢了幾腳，火辣辣地疼著。

混亂中我摸到了一個放在地上的空酒瓶，本能反應就用酒瓶去砸那個打我的人，砰然幾聲後，我感覺手上有濕熱的液體，身上壓著的重量一鬆，我緊緊握著還剩下的半截酒瓶子，只要看見黑影想接近我，就往前刺。

她們開始亂叫：「殺人了，有人殺人了！」

我的手忽地被揪住，我正想反手去刺，卻感覺胳膊肘上的麻穴被擊了一下，手裡的酒瓶子立即被拿走。

「琦琦！」

是小波的聲音，他的聲音發顫，用手擦著我臉上的血：「妳傷到哪了？」

「我不知道。」

身邊哭泣聲、驚叫聲亂作了一團，等我真正清醒明白時，人已在醫院裡。

女醫生是李哥的國中同學，對著李哥譏諷：「怎麼又有人受傷了？你們是不是三天不打架，就覺得全身骨頭不舒服？可別指望我溫柔地治療，對你們這些擾亂社會治安的人不能客氣！你說，員警怎麼就不把你們全關起來呢？」

李哥苦笑：「今天是我妹，妳下手輕點兒。」

女醫生看到我，咦了一聲：「羅琦琦？我看過電視上妳的演講，講得真不錯，我還以為妳是好學生，怎麼妳也打架？」

她一邊說話，一邊用紗布清理我身上的血，發現血雖然流得全身都是，但真正的傷口就只有手掌處，很多血大約都是別人的。

醫生一邊替我取扎在肉中的玻璃，一邊罵李哥：「看到沒？這玻璃再嵌深點兒，她這隻手可就要廢了，還當哥呢！自己不學好，把妹妹也跟著帶壞。」

李哥就一味地賠笑臉，小波卻臉色很難看。

醫生替我取完玻璃片，又縫針，到後來不再數落我們。

她柔聲問我：「妳不疼嗎？怎麼一聲不吭？若疼就叫出來。」

我咬著牙不吭聲，李哥苦笑著說：「她要是會叫疼的性格，就不會和人打架打成這樣了，我們一堆人在後面，她要真想修理誰，哪裡需要她出手？」

女醫生怒了，狠狠地瞪了李哥一眼：「就你這些混賬話才把人教壞了，她一個小姑娘即使有什麼事情，有父母、有老師、有員警，為什麼要打架？」

李哥乾笑兩聲，再不敢多言。

處理完傷口，李哥和小波帶我出去，烏賊過來說：「對方沒大事，一個胳膊被戳破了，一個傷到了頭。」烏賊猛戳了我的額頭一下，「妳今天吃錯藥了嗎？小波，你真要好好管教管教她了，她怎麼脾氣這麼衝？我剛都問了，人家說她們幾個姐妹好好地在吃飯，她莫名其妙地進去就打人。」

李哥吩咐：「醫藥費由我們出，你再打發人去買些營養品送去，讓人多說些好話……」

我立即說：「不許！她活該！憑什麼還要給她出醫藥費？」

李哥忙說：「好，好，好！不出，不出！」卻偷偷給烏賊使了一個眼色。

李哥的一個手下說：「出來混的人都重面子，打的是張駿的女朋友，這個梁子恐怕不好解。」

正說著，看到張駿和幾個很壯實的朋友進來，張駿的女朋友也不知道從哪裡鑽了出來，撲到張駿身邊：「張駿，她無緣無故地就打我，我的兩個朋友被她打得躺在醫院，這事絕不能就這麼算了。」說完，惡狠狠地盯向我。

張駿看到我吊著一隻胳膊，愣了一愣，大概這才知道他女朋友是和我們起的衝突。

李哥熱情地走過去，一手握住他的手，一手攬著他的肩膀，走到角落裡，不停地說著話。

張駿的女朋友想過去，李哥抬頭，不硬不軟地來了一句：「爺兒們在談事情，女人少摻和。」

張駿的女朋友臉漲得通紅，卻知道這個圈子裡，規矩的確就是這樣。

不知道李哥說了些什麼，反正看張駿點了點頭。

李哥叫了小波過去，自己站到了一邊，張駿猛地掄拳在小波腹部狠狠打了三拳，小波痛得彎下了身子，一小會兒後，小波站直了，張駿又是狠狠三拳，這次小波沒撐住，整個人蹲在了地上。

不管是李哥的兄弟還是張駿的朋友都漠然地看著，他們都是依照規矩行事，我想叫卻叫不出來，眼淚全湧到了眼眶裡。

李哥走過去和張駿笑著握了握手，張駿笑著扶起了小波，小波也是笑著，彼此握著手，好像剛才打架的人壓根兒不是他們。

三人簡單聊了幾句，張駿帶人離開，他女朋友呆呆站了一會兒，去追他：「這就算完了？我朋友的傷就算了？你讓我怎麼和她們交代？你不覺得沒臉，我他媽的還覺得沒臉呢……」

五個人上了李哥那臺除了喇叭不響，到處都響的舊車裡。

我、妖嬈、烏賊坐在後面，小波坐在前面。我沉默著，李哥沉默著，小波也沉默著。

烏賊覺得氣悶，問小波：「張駿那小子手下得狠嗎？」妖嬈用胳膊肘捶了他一下，他忙閉嘴。

我突然問：「烏賊，今天的那幾個女的都是什麼身分？」

妖嬈說：「除了張駿的女朋友，還有一個也是文工團的，有個是工藝院的，還有個小學音樂老師，哦，那個被妳砸傷頭的是開髮廊的。」

我呆坐著，渾身上下充滿無力感。

也許我可以想辦法封住她們五個的口，可是其他人的呢？

回到家裡，爸爸媽媽看到我的手都慌了。

我說謊話早已經連眼睛都不眨，告訴他們我坐關荷的自行車時，不小心掉了下來，下意識地用手掌撐地保護自己，沒想到地上有碎玻璃片，我的手就被扎傷了，關荷來不及通知父母，趕緊先把我送到了醫院。

關荷是老師家長心中年年拿第一的尖子生[1]，有她做人證，在家長面前比黃金的赤誠度還高。爸媽確認我手上的傷沒有大礙後就放下心來，一遍遍叮囑我以後要小心。

隔天，我吊著纏滿紗布的手去上學，關荷關切地問我：「妳怎麼了？」

我說：「我和我爸媽說，是和妳出去玩的時候，從妳的自行車後座上摔下來，給摔傷了。」

關荷愣了一下，很爽快地說：「好啊，我知道了。」

我沒心情聽課，也沒心情看小說。一下課，我就去找曉菲，她嘻嘻哈哈地取笑我的傻樣，卻把剝好的板栗餵給我吃。

她剪著短短的頭髮，穿著藍白運動服、白球鞋，如一個假小子。

我微笑著說：「曉菲，妳能答應我一件事情嗎？」

「什麼？」

「妳要做一個堅強的人。」

曉菲詫異地盯著我，過了一會兒，她笑著點頭：「我會的。」

「無論發生什麼事，妳都要堅強。」

「好。」

我說：「妳要永遠記住妳今天答應我的事情。」

曉菲盯著我，擔心地問：「琦琦，妳是不是得了絕症？」

我用剩下的一隻手去打她：「妳才得了絕症！」

「我聽妳說話，感覺好像電視上得了絕症的人在留遺言。」

「反正妳記住，妳答應過我，妳會堅強。」

「妳的手究竟怎麼了？真的是從自行車上摔下來，被玻璃扎傷的？」

「真是從自行車上摔下來傷著的。」

1 成績出類拔萃的學生。

隔了幾天，我在國中部樓下看到張駿的女朋友，她應該在等張駿，張駿下去見她。

走廊裡不一會兒就擠滿了人，都湊在玻璃窗前看熱鬧。

他們說了很久的話，大部分時間是女子在說話，張駿一直手插在褲兜裡，低頭看著地面，十分符合他在學校的驁樣子。

大家正覺得無聊時，突然，他的女朋友去打他，張駿閃避開，女子更加瘋狂，連踢帶搧地打張駿，張駿索性不再閃避，由著她打，女子又哭又打又罵，只聽到一聲聲的「渾蛋」、「王八蛋」、「老娘瞎了眼了」，張駿一直低著頭，女生打累了，旋風一般跑了。

大家都看得目瞪口呆，張駿卻沒事人一樣，一個人在樹林邊站了會兒，就走上了樓。看熱鬧的人忙散開，我站在窗戶邊，懶得動。

他掃了我一眼，也站到窗戶邊，望著外面發呆。

他臉上有好幾道指甲留下的傷痕，他就帶著它們出出進進，足足過了兩週才消失，整個國中部的人都知道他被女人打了一頓的事情。

連我妹妹都在家裡，連揮手帶踢腳，學那個女人打他的樣子，聽得我爸媽吃驚地瞪著眼睛，以為自己把女兒送進的是影視培訓班。

•◎•◎•◎•

關於曉菲的謠言最終還是傳到了學校，開始有女生偷偷議論，老師也在辦公室裡討論。

多麼熱辣的話題！

國中女生懷孕墮胎，就是擱在今天都可以做頭條新聞，何況是十幾年前？

曉菲卻仍然懵懵懂懂地讀書上學，似乎每一個謠言，謠言的主角都會是最後一個知道的人。

我天天下課都去找她，霸占著她的時間，我只能用自己最微小的力量，把她和流言隔絕。

終於，我爸爸媽媽也聽聞了曉菲的事情，媽媽擔心地問我：「她不是小時候在我們家睡過嗎？現在是不是還是妳的好朋友？」

我冷漠地說：「不知道。」

關於曉菲懷孕墮胎的謠言版本越來越離譜，據說她和人出去玩，被四個人輪姦了，孩子的父親究竟是誰都沒有人知道。

曉菲終於知道了一切，老師和同學看她的目光都無比怪異，女生們不和她說話，男生們窺視她。她沉默地上學、放學，我只要課間活動就去找她，陪她看書、陪她坐著。

有一天，我們倆坐在長凳上時，一群高中部的女生特意來看她，雖然她們裝作只是路過，但是那種眼神，如火刑架上的火焰，足以把人燒得粉碎。

曉菲突然就向學校外面跑去，我跟在她身後追她，她衝著我嚷，讓我「滾回去」，我沉默地站住，看著她消失在街道盡頭。

自從那天之後，曉菲就再沒有來上過學。

我去她家，第一次，她媽媽打開了門，卻不肯讓我進去，請我離開，不要再來找曉菲，之後都是閉門羹。

隨著輪姦流言的散播，警察局介入，開始立案調查。

隨著警察局的立案調查，流言以更快的速度傳播，我們整個市，上至八十歲老人，下到八歲孩子，都知道一中有個不學好的女孩子，因為跟著男生鬼混，被男生占了便宜。

在警方的介入下，那四個男生很快就被揪了出來，有兩個竟然是另一所很有名氣的升學中學——實驗中學的學生，一個國三、一個高一，另外兩個也是在校學生。

謠言的版本開始越來越多，有的說這四個男生是商量好的，灌醉葛曉菲，發生性行為；有的說只是碰巧，葛曉菲自己不自愛，喝醉了，和四個男生亂搞；有的說四個人都和曉菲發生了關係；有的說只有兩個，另外兩個膽子小，只參與了灌酒。

一時間，滿城風雨，所有的家長都開始嚴格看管自家的女孩，不許和男生出去玩，我也被父母約束起來，平時不許出門，週末必須在晚飯前回家。

我是距離曉菲最近的人，可這一切，我全都和旁人一樣，需要透過謠言才能知道。

我算過出事的時間，正好是王征離開這個城市的時間，那麼不管那四個男生有意，還是無意，曉菲的醉酒原因本質上和他們並無關係。

可是，我相信，即使曉菲喝醉酒，也不會和他們亂來的。他們大概是出於報復才聯合起來，狠狠教育了一下「驕傲無禮」的葛曉菲。

因為曉菲的父母拒不出庭指控，堅決不承認有那檔子事，四個男生家裡又花了無數錢疏通關係，最後，四個男生都沒有承擔刑事責任，可學校為了對所有家長有所交代，仍然作出了反應。實驗中學將兩個男生開除學籍，另外兩個普通中學的男生也被開除，不僅如此，其他中學，包括技校在內，都宣布永不會錄取他們。

曉菲的一輩子被他們毀了，他們的一輩子也因為曉菲毀了。曉菲的父母走出門，頭都不敢抬，而他們的父母也因為有一個強姦犯兒子，突然之間衰老許多，聽聞其中一個的母親心臟病突發，差點兒死掉。

我有一段時間很恨他們，可很快就聽說，其中一個實驗中學的男生被父親用皮帶抽打，抽斷了三根牛皮皮帶，被送進醫院搶救，傷還沒好，他就一個人悄悄離開了我們的城市，去西藏參了軍。沒有多久，他的父母就離婚了。

小波對我說：「他們都已經為犯下的錯誤賠上了自己的一生，甚至賠上了他們父母的一生。」

我知道他說的是真的，可是，我還是恨他們。

我沉默得可怕，常常一整天一句話不說。每個週末都去曉菲家樓下打轉，不敢去敲門，只希望她能看見我，願意出來見我一面，可她從來沒有出現過。

反而從她家鄰居那裡漸漸聽聞到另一些流言，據說曉菲的爸爸以前是軍人（這也是我會在部隊的子弟小學認識曉菲的原因），大概常年在部隊，脾氣很暴躁，轉業到地方後，有些鬱鬱不得志，喜歡喝酒，一喝醉就打曉菲的媽媽。

老人們嘆息，曉菲是個聰慧懂事的孩子，可是爸爸老是打媽媽，她自然不喜歡在家裡待，喜歡在外面玩，女孩子在外面玩得多了，當然容易出事。

我漸漸地將前因後果想明白，原來是這樣的！

曉菲的爸爸應該不是在轉業後才開始打曉菲的媽媽，應該是還在部隊的時候就有打老婆的習慣，所以，我在部隊小學借讀的時候，曉菲才不喜歡回家，總是喜歡在外面遊蕩，才會和我這個也不喜歡回家的人變成好朋友。

這大概也是她會想在我家睡覺的原因，她內心深處一定充滿了恐懼，逃避見到爸爸打媽媽。

她表面上和我截然不同，明媚快樂，卻擁有一個和我一樣壓抑孤獨的靈魂，所以我們才會緊緊依偎，彼此取暖。這世上每一個與眾不同的現象背後都必定是有原因的，我為什麼之前沒想到？

曉菲讓她爸爸丟了大面子，她爸爸會不會喝醉後打她？

我開始害怕，跑去敲她家的門，沒有人回應，我就一直敲，一直敲，直到門後傳來她媽媽的聲音：「曉菲去外地了，妳不要再來找她。」

「去哪個外地了？」

「我送她到姨媽家去住一段時間。」

我將信將疑，可我所能做的只能如此，我哀求門後的人：「阿姨，求你們不要打曉菲，她現在只有你們了。」

她媽媽的哭泣聲傳來：「我知道，妳走吧！」

我又說：「阿姨，請妳轉告曉菲，不要忘記她答應過我的事情。」

門後沒有聲音，我只能默默離去。

在這場風雲中，期末考試來臨，我的成績慘不忍睹，班級倒數第三名。

吳老師極度失望，不知道是因為真的擔心一個好學生的墮落，還是擔心升學率和她的獎金。

媽媽找我談話，非常嚴厲地斥責我，決定限制我出去玩的時間。

我突然一改在他們面前的沉默，衝著她說：「你們既然小時候把我拋給外公，那麼不管我現在變成什麼樣子，都不要怨任何人！把你們的寶貝小女兒照顧好就行了，我的死活，我自己會負責！不需要你們管！」

媽媽氣得手都抖了，可她不敢動手打我，她心裡很清楚，她只要動我一下，以我的倔強偏激，以及和他們之間的矛盾，很有可能把我澈底推上和他們背離的路。

學好也許需要千日，學壞卻只需要幾天。

過完春節的一天，我騎自行車回家，竟然在路口看到曉菲，她穿著一件老式的黑尼龍大衣，衝著我笑。

我不敢相信自己眼睛看到的，衝到她面前：「曉菲？」

她笑：「還認識我呢！」

我木訥得說不出來話，只知道捏著她的手傻笑。

她說：「我們找個地方去說會兒話。」

我說好，立即騎著車帶她到了河邊。因為冬天的關係沒有水，整個河床裸露在外，我們就坐在河床上聊天。

她問我：「妳期末考試成績如何？」

「不太好。」

她嘆氣：「琦琦，妳要好好學習，不要浪費老天給妳的腦袋，不是每個人都有機會讀書的。」

我不吭聲。

她仰頭望著已經落光了樹葉的白楊林，臉上的表情很悲傷。

「有時候晚上睡覺，我突然驚醒時，會哭著渴望一切都沒有發生，這全是惡夢，只要夢醒後，我仍然能坐在教室裡聽老師講課。現在就是想起討厭的作業和老師都覺得很寶貴，如果能再讓我做作業、再聽老師講課，我寧願拿一切去換。可是，不管我多後悔，知道自己錯了，都沒有人肯再給我一個機會，誰都不肯給我一個機會……」

曉菲的眼淚順著臉頰一顆顆滾落，我也滿臉是淚，可又不敢哭出聲音，只能不停地用袖子抹。

曉菲默默看了好久的天，突然微笑著說：「琦琦，妳要相信我，我會記住我答應過妳的事情，做一個堅強的人。」

我點點頭。

她問：「妳身上有錢嗎？我想向妳借點錢。」

我匆匆搜口袋，因為過新年，身上恰好有壓歲錢，一共二百三十多塊錢。

她接過，小心地收進口袋。我們倆肩並著肩坐了很久，她說：「太冷了，走吧！」

我推著自行車問：「錢夠嗎？」

曉菲笑：「哪有人會嫌棄錢多？」

我忙說：「如果妳還需要，我可以再幫妳籌一些。」

「妳想向李哥他們借吧？我不要他們的錢，不管他們再有錢、再會裝，他們都不是好人。琦琦，妳要少和他們來往。」

換成別人說這種話，也許我早就和對方打起來了，可對於曉菲，我只輕輕說：「我也不是什麼好人。」

經過一個小賣鋪時，我靈機一動，對她說：「妳等我一會兒。」

我推著自行車走進小賣鋪，對老闆娘說：「我想把這輛自行車賣掉，妳開個價錢。」

我知道這些小賣鋪接受贓貨，大到電視機，小到一條菸。我爸爸一個長官的兒子經常把別人送他爸爸的菸偷出來換零用錢。

老闆娘打量我：「六十。」

「一百，這輛自行車幾乎全新，而且不是我偷的，妳可以放心給自己的女兒用。」

老闆娘又看了我幾眼，似乎在判斷我說的話是真是假，最後，決定成交。

我拿著一百塊錢，走出小賣鋪，交給曉菲。

曉菲看到我把自行車留在小賣鋪裡，已經明白我的錢來自哪裡，她沒拒絕，接過後裝進包裡，對我說：「我走了。」

「妳什麼時候再來找我？」

她微笑：「下次來請妳吃羊肉串。」

我點頭。

她走了幾步，轉身看住我，說道：「琦琦，我會記住答應過妳的事情，妳也要照顧好自己，記住，要好好學習！」

說完後，她踏著堅定的步伐離去。

她的身影在寒風中越離越遠，我凝視著她的背影，雖然心情很沉重，卻漸漸滋生了希望，因為她讓我覺得似乎一切的陰霾終有一天會散去，我們仍然會坐在炭爐前吃烤肉串、喝磚茶；我們仍可以窩在沙發上聊天染指甲，討論雜誌上的髮型。

可是，我沒想到，這竟然是我和曉菲最後一次見面。

幾天後，曉菲隻言片語未留、離家出走的消息傳來。

她的父母曾恨她讓他們丟人，也許恨不得從沒有生過她，可當曉菲如他們所願消失後，他們又發瘋一樣四處找她，卻沒有她的任何消息。有人說看到她買了去廣州的火車票，有人說看到她買了去北京的火車票。

因為我把自行車賣掉了，爸爸媽媽問我時，我已太疲憊，懶得編造謊言，索性告訴了他們實話。沒想到他們竟沒有生氣，爸爸反而託他在鐵道上工作的老同學幫忙一塊兒尋找曉菲。

我的心裡開始有了一絲絲愧疚，因為這段時間，我一直對他們冷言冷語，他們都顯得很憔悴。

後來，曉菲的爸爸媽媽去了北京，又去了廣州，可他們一直找不到她。曉菲的媽媽精神徹底垮掉，接近半瘋；曉菲的爸爸成了酒鬼，再無打人的力氣。

在確認曉菲真的離開後，我夜夜不能睡覺，我一會兒後悔，不該給她錢，一會兒又後悔，為什麼沒有多給她點兒錢。一旦睡著，我就會作惡夢，夢見曉菲碰見壞人，夢見她沒有東西吃，夢見她沒有衣服穿。

我吃不下東西，睡不好覺，我的身體和我的精神都在崩潰。

面對我迅速消瘦的身體，爸爸和媽媽打不得也罵不得，只能叮囑妹妹多陪我玩，督促我去繪畫班上課，希望別的事情能分散我對曉菲的牽掛。

高三的學生寒假照樣上課，小波放棄了溫習功課，盡量陪著我，給我講各種道理。告訴我，即使沒有我，曉菲也會離開，我並不是促成她離開的人。向我分析，曉菲的離開不見得是壞事，她離開這裡，去到一個沒有人認識她的地方，也許一切就可以重新開始，她應該會過得開心。

他還拿前幾年大紅過的電視劇《外來妹》做例子，曉菲雖然只有國中學歷，但很聰明，不會比《外來妹》裡的陳小藝差，既然陳小藝可以混出頭，曉菲也一定可以找到一份工作，照顧好自己。

有一天，他又翹課跑來找我。

我坐在石凳上，看著他穿過寒冷的陽光、斑駁的樹影，突然發現他也很瘦，忽然間，我的眼淚就再也止不住地往下掉。他沒有勸我，只是默默坐在我身邊。

我哭了很久後對他說：「你不要再蹺課了，你一定要考一所好大學，以後我只能和你上同一所大學了。」

他說：「好的。」

我表面上不再提曉菲，可心裡常常思索，為什麼一切會變成這樣？我們在暑假的時候，不是說好了，一起好好讀書，一切都很光明的嗎？曉菲懷孕墮胎的事情，只有曉菲、曉菲的父母，還有我知道，誰會把它傳出去呢？

那些男生雖然侵犯了曉菲，可他們不知道曉菲懷孕和墮胎，他們即使因為炫耀，不能保守祕密，告訴了別人，頂多也就是同學間暗中流傳葛曉菲不是處女了，可這樣的謠言，學校裡從來沒缺少過，那些「非處女」的女生現在仍舊活得好端端的。

我問過小波，小波說他不知道。

幾年後，張駿才告訴我緣由，謠言起自醫院。

幫曉菲墮胎的醫生和護士，沒有遵守醫德，他們把替一個小姑娘墮胎的事情當成奇聞、聊天話題告訴了自己的朋友親人，朋友親人再告訴他們的朋友親人，最後一傳十、十傳百，成為麻將桌上的最佳話題，知道的人越來越多。

而那四個男生，在和曉菲發生關係後，曾炫耀地告訴過朋友，男生中口耳相傳，不少人都知道一中的「菲兒」已經不是處女，至少，張駿在國二的學期末，就已經聽說「菲兒」被人破處了。

當曉菲懷孕墮胎的流言傳出時，聽說過兩個謠言的人把兩種版本彼此對照，合併加工出了「葛曉菲被四個人輪姦、懷孕墮胎」的謠言版本，導致了後來員警的介入。

在這件事裡，曉菲、四個男生的確都犯了大錯，但錯最大的是那群醫生護士，如果沒有他們，即使這是個錯誤，它還是個可以糾正的錯誤，但他們沒有給這群少年回頭的機會，間接導致了幾個家庭的悲劇。

當年，中國的法律不健全，否則單就洩露病人隱私這條，他們都應該被繩之以法。我只詛咒他們的良心能發揮一點兒作用，當他們想起五個家庭的悲劇、五個少年被毀時，夜夜都作著惡夢！

Chapter 22

關荷的祕密

美麗的女子令人喜歡，堅強的女子令人敬重，當一個女子既美麗又堅強時，她將無往不勝。

整個寒假，我的生活混亂不堪，唯一做過的正常事情就是春節去給高老師拜年。

高老師已經知道張駿分在差等班，也知道我期末考試成績急劇下滑，她很難過。她告訴我，雖然她帶過很多學生，可她仍然認為我和張駿是她所教過的學生中最特別的，身為老師，最害怕看見的就是明明有天資的學生，卻浪費了自己。

張駿分在後段班，她並不擔憂，她說張駿的定力比很多大人都強，表面上好像事事無所謂、很能隨波逐流，實際上內心很有自己的主意，不會受到別人的干擾。

可她很擔心我，我表面上倔強冷漠，似乎很難被別人影響，實際內心非常敏感，很容易被外界干擾。我成績的大起大落，足以證明她的判斷，她說她並不指望我中考成績多麼優異，但希望我至少能考個好高中。

從高老師家裡出來時，張駿正在樓下停摩托車，他彎著腰低著頭，沒有看到我，我加快了步伐，想盡快從他身邊走過。

「哎！」

我腳步未停，只頓了頓，不確定他是在叫我。

「哎！」

又是一聲，我不確定地回頭。

「葛曉菲很機靈，也很堅強，她會熬過去的。」他站在摩托車邊看著我。

我這才確定他是和我說話，只覺得所有的難過一下子全湧到了眼睛裡，眼淚直在眼眶裡打轉。

他好似想說很多，可最終只說：「妳別太難過了。」

我怕一開口眼淚就會掉下來，只點了點頭，轉身就走。

感覺身後一直有一雙目光凝視著，所以我一步快過一步，想趕緊逃離。

新的學期開始，這是我們國中的最後一學期了。

曉菲的事情雖然鬧得轟轟烈烈，可隨著她的消失，一切都迅速平復。

尤其是課間，當陽光穿透嫩綠的新葉灑下來時，操場上奔跑的男生們臉色紅潤、朝氣蓬勃，女生們吃著雪糕嘻笑，嘰嘰喳喳地交流著八卦，不需要聽，我都知道她們在講什麼，因為兩年前，我還是她們其中的一個。

不一樣的人，卻永遠相似的青春，永遠相似的故事。

我有時候很難相信，一個人就這麼不見了，可這個世界卻依然生機勃勃地運轉，它難道感受不到我們的傷心嗎？

「地球不會因為任何人停止轉動」，這是一句最誠實的話，也是一句最殘忍的話。

張駿又有了新女友，叫陳亦男，是我們學校的才女，曾是學校廣播電臺的臺長、校報的主編。我們也算打過交道，我參加過幾次演講比賽，得過幾次獎後，她曾來邀請我參加學校的廣播電臺，被我婉言謝絕了。

她現在是高三畢業班文科班的學生，國文異常優異，傳聞中是個有點兒像林妹妹的女生，頗因才華而孤標傲世、目下無塵。

陳亦男和張駿的前兩任女朋友沒有任何共同點，唯一的共同點也許就是都比他大。大家對她和張駿談戀愛都跌破眼鏡，不知道張駿究竟哪點能入了才女的眼，難道他和陳亦男在一起探討李白杜甫、李清照朱淑真？

也許因為曉菲，也許因為麻木，我沒有絲毫心痛的感覺，只淡淡地想，張駿好似一點兒都無法忍受孤獨，身邊的女生總是來了又去，新的這位又能堅持多久？

我翻出阿嘉莎．克莉絲蒂開始攻讀，在老太太布置的迷局中尋找蛛絲馬跡，釘死兇手。

因為小波在刻苦備戰高考，很少在歌廳，所以我也不怎麼去，每天放學後，不是回家，就是去圖書館。

生活過得很平靜，可我的平靜在關荷眼中是自暴自棄，她很努力地試圖走近我，但我因為曉菲的關係，已經將自己心房的友誼之門閉鎖，拒絕接受她的善意。

可她不知道哪根筋不對，竟然和我槓上了，不管我如何冷淡，她都當作沒感覺到，不斷地督促我做作業，督促我聽課，督促我好好學習，主動找我玩，但凡同學聚會，不管大小，只要她參加了，就必定拉上我。她讓我想到基督教中的修女，正在努力地拯救即將投靠魔鬼的我。

我很無奈地被她帶著進入她的朋友圈，這個圈子裡有班長李杉大人、有詩人宋晨同學，有臉色蒼白、身體虛弱的魏偉，因為行三，我們叫他老三，還有借住在姐姐家求學的英語課小老師王豪。

關荷努力地讓我的生活豐富多彩，我努力地冷漠淡然。

宋晨早就看我不慣，對我整天不苟言笑很不爽，問我：「妳為什麼不笑一笑？妳看上去就像是舊社會時苦大仇深的婦女代表，知道不知道『笑一笑，十年少』？」

我告訴他：「知道為什麼會『笑一笑，十年少』嗎？因為笑多了，容易長皺紋，容易老相，等人家問你真實年齡時，就會不由得驚覺『哇，原來你這麼年輕』。」

宋晨無語，他雖然有才華，可論思維邏輯狡辯，他駕著八匹馬都不見得能追上我。他雖然看不慣我，可關荷罩著我，他只能讓我三分。

關荷不會熱情到逼迫我和她翻臉，卻也絕對不放棄我，反正她就水磨工夫。而我有石門保護，千年不打算開，關荷卻打算做水滴，直至水滴石穿。

某日，我忘記是什麼原因了，總之關荷需要回家去拿某個東西，非要拽著我，讓我陪她一塊回家。到她家後，看到她的二胡，我要求她為我拉奏一曲，她便為我演奏了〈草原之夜〉。

「我記得妳剛轉學到我們班時就是拉這首曲子。」

她很驚訝：「妳居然記得？這是我最喜歡的曲子。」

關於她的一切事情我都記得。古龍說過什麼來著？最瞭解你的人不是朋友，而是敵人。可惜關荷是好學生，不看古龍，否則，她真應該提防我。

我問她：「妳的二胡和誰學的？」二胡的老師並不容易找，至少我從沒見到過二胡班。

「我爸爸教我的，他最喜歡這首曲子，拉得特別好。」

「哦！」我淡淡點頭，看她家客廳裡掛著的全家福，她爸爸又老又胖，臉上很多贅肉，實在看不出來是個才子。

她沉默地坐了一會兒，突然從抽屜深處抽出一本相冊，翻開給我看：「這是我爸爸的相片。」

我掃了一眼，愣了一愣，不禁細看。照片中的男子眉清目秀，斯文儒雅，因是黑白照片，越發透出他的書卷氣。

這人的變化也未免太大了吧？怎麼能從這樣長成了客廳裡的那樣？

隨著相冊往後翻，我發現全都是年輕的照片，連一張中年的都沒有，而且全家福照片只有爸爸、媽媽和關荷，沒有關荷的哥哥姐姐。

我正在暗暗納悶，關荷說：「我現在的父親是繼父。」

「妳爸爸是得病去世的嗎？」

關荷搖搖頭，淡淡說：「有一年他去外地出差，在一段很窄的道路上，兩輛大車迎面相遇，需要過車，他不小心把腦袋探出車窗外，兩輛車的司機都沒看到，腦袋被蹭掉了。」

我毛骨悚然，這是我聽說過最恐怖的死法。如果不是親耳聽聞，我真想捏造一個更符合常規的死亡，不管是肝癌還是肺癌。

我只聽了這一次，之後很多年坐車都不敢把腦袋探出車窗，甚至把手伸出車窗前都會前後看看，而關荷究竟有多大的心理陰影，我無法想像。

關荷似乎很多年沒有傾吐過心事，一旦打開話匣子就不能停止：「我親生的爸爸姓夏，因為他喜歡荷花，所以給我起名夏荷，希望女兒出落得如同荷花般動人，品格也能如荷花般高潔。他去世後，媽媽因為沒有工作，為了養活我，給我一個良好的教育環境，就嫁給了我現在的爸爸，我的姓從夏改為關。」

「現在的爸爸對妳好嗎？」

關荷淡淡說：「他沒有虐待過我，比我媽媽大很多，前妻去世了，有一個兒子、兩個女兒，只要我聽話點兒、勤快點兒，他不至於為難我。就是哥哥姐姐不太好相處，不過這些年也習慣了。」

我開始明白關荷的成熟穩重從何而來，隱忍內斂從何而來，風度完美的為人處世從何而來，只因為她根本沒有家。她一直寄人籬下，她的媽媽靠伺候另一家人來負擔她的生活費和教育費，所以，別的孩子還天真爛漫地向爸爸撒嬌時，她已經學會如何討好繼父、哥哥、姐姐。

關荷微笑：「同學們看我的樣子，都以為我家庭條件很優越，其實他們不知道，我很小就會做很多事情，我會包餃子、洗衣服、打掃環境。我很多衣服都是姐姐不要的，媽媽的手很巧，她用縫紉機稍微改一改就變得很漂亮，我其實沒幾件衣服是自己的。」

因為微笑，關荷的嘴角上彎著，給人一種異樣的堅強。

我說：「妳長得漂亮，氣質又好，那些衣服因為妳穿，同學才會關注。」

關荷笑著，卻看不出是面具，還是真心。她看著我的眼睛說：「因為從小就會察言觀色，我又是個很敏感的人，自從我們坐同桌後，就覺得其實我們有點兒像，只不過我還要照顧媽媽，所以我必須乖巧地討好所有人，讓所有人都喜歡我。而妳可以偏激地對抗，任性地做自己想做的事情。」

我呆呆地看著她，她笑了笑，牽著我的手向外走，半開玩笑地說：「不要告訴別人我家在哪裡哦！我不想別人知道我是灰姑娘，我喜歡當小公主。」

我點了點頭，鄭重地說：「我不會告訴任何人。」

雖然我表面上反應很淡，甚至對關荷連安慰的話都沒有說，可我的冷漠在關荷面前澈底粉碎，連吳老師都感覺出來，整個班級，我唯一無法對之說「不」的人就是關荷。我如果是孫猴子，關荷就是我的緊箍咒，不管我多鬧騰，她總有辦法讓我聽話。

我開始真正地進入關荷的朋友圈子，和李杉下西洋棋，和宋晨玩文字遊戲、鬥嘴，和王豪下中國象棋，夥同魏老三的女朋友一塊欺負他，逼迫他吃烤焦的茄子，每吃一口，還要說一聲「真好吃」。週五開完班會，大家一起去唱卡拉ＯＫ……

不知不覺中，我已經不再是游離在班級之外的人，而是慢慢地變成了四班的一員，我也有了一群可以打打鬧鬧、耍貧鬥嘴的同學，每天、每週都有活動，壓根兒沒有寂寞的時間。

差等生肯定不喜歡上課，好學生也許喜歡上課，可即使喜歡上課的好學生，只怕也不是每門課都喜歡。但有一門課，卻是不管好學生或差等生、男生或女生，都暗暗期盼了很久，即使表面上絕口不提，心裡也肯定期待著老師的講解。

這門萬眾期待的課，就是——健康教育課。

當年資訊不發達，沒有書籍，更沒有網路，家長又絕口不提男女性別後面的問題，似乎一提就會發生什麼不好的事情。

隱約暗示的電視畫面、模糊不清的言語，以及自己身體的變化都讓我們有太多好奇和困惑，一方面我們受大人們態度的影響，覺得關注這些是不道德、不健康、不積極、不向上的；可另一方面，我們又渴望著加入成年人的行列，弄明白所有這些被父母老師，乃至整個社會都回避的話題。

健康教育的課本剛發下來時，大概每個同學都悄悄地翻到最後，查閱了關於男女的一切問題，可那模糊不清的黑白印刷圖和艱深的科學名詞，拼湊在一起的段落並不能回答我們的疑惑。

好不容易等到大家最盼望的一章內容，我們以為健康教育老師會像國文老師一樣，一字一句地為我們解析段落意思；像幾何老師一樣，恨不得把圖刻到我們腦海裡一樣，將每個線條的來龍去脈都解釋清楚。

可是，那位能說會道、美麗漂亮的健康教育老師，竟然告訴我們這堂課大家自學！

大家頓時面面相覷。我們早自學完了！可就是因為自學沒學懂，才期盼著聽您的課呀！

老師卻不管那麼多，吩咐班長負責紀律後就回去辦公室，竟連一個自學後提問的機會都不給。

同學們你看看我，我看看你，好學生立即拿出了數學、物理、英語課本，開始認真溫習，為中考備戰。幾個男生嘻嘻笑著，把健康教育課本扔進了垃圾桶。這是一門中考不會考的科目，這節課既然不講解，那麼這本書也就沒什麼意義了。

我盯著健康教育課本默默發呆，也許我心裡比誰的疑惑都多，比誰都想知道男女之間究竟是怎麼回事。

其實，迄今為止，我都沒真正明白曉菲為什麼會懷孕，為什麼他們都說是睡覺睡出來的？若說完全不明白，倒也不對，因為根據我看過的港臺片，那些接吻、脫衣服的親密畫面，我其實有些模模糊糊的感覺，可是，電影總是演到他們脫衣服，互相摸來摸去，畫面就切換了。

脫完衣服之後呢？課本上講精子和卵子結合導致受孕，難道是脫光衣服後彼此抱在一起睡一覺，精子就會和卵子結合，之後就懷孕了嗎？

我覺得我渴望知道這些的原因有兩個：一個是因為曉菲，她從不肯說發生了什麼事，我也不敢問，可我想知道其中究竟；另一個是因為恐懼，我害怕於我所不知道的，不知道到底怎麼樣才能真正保護自己。

但是，當我心懷期待，以為老師能清楚解答我所有困惑，安撫我所有的焦慮不安時，老師一句「自學」就打發了我們，讓我對大人的期待再一次落空。

關荷已經在安靜地復習數學了，她看我盯著健康教育課本發呆，側頭瞧了我好幾眼。

「妳在想什麼？看上去很不開心？」

「沒什麼。」我沉默了一會兒，又突然問，「妳知道懷孕究竟是怎麼回事嗎？男生怎麼讓女生懷孕的？」

內斂的關荷一下子臉紅了，她視線飛快地掃了一下前後左右，看沒有人留意，才壓著聲音說：「不知道。」

我一想也是，我還能看到不少港臺片，關荷只怕連這些都看不到，她到哪裡去知道？世界名著可是不講這些的。當然，我可以去請教妖嬈，可那就意味著烏賊會知道我關注這些事情，然後小波也會知道……天哪！不如讓我去死！

關荷好似看透我的心思，沉默了一會兒，又小聲地說：「反正牽牽手、抱一下、親一下都不會有事情，別脫衣服就行了。」說完，她就立即埋頭看書，顯然，討論這個話題，讓她很不安，她已經不想再談了。

我站了起來，學著幾個男生的樣子，將健康教育課的課本丟進了垃圾桶。

Chapter 23

只願這是一場夢魘

成年人不管犯多大的錯，都是自己結的果。可少年的錯誤，常常一半源自父母，一半源於對生命的無知。人生多歧路，一念之差，也許踏上的就是一條坎坷的歧路。當然，歧路也是路，也有人走出了不一樣的遼闊天空，但是，如果時光能倒流，他們滄桑的容顏、疲倦的微笑會寧願選擇沒有那一步之失。

很長的一段時間裡，我一直懷疑這件事情的真實性，懷疑是自己警匪片看多而產生了幻覺。可隨著這件事情之後的一系列事件，讓我開始意識到，大力整頓社會治安、嚴厲打擊犯罪分子，並不只是一個聽上去很中央臺的新聞，實際上，它距離我們並不遙遠。

嚴打的起源很複雜。八〇年代，大量下鄉青年返回城市，成了待業者；九〇年代，改革開放後，經濟體制轉型，產生了大量自主就業者；打開國門後，各種思潮迅速湧入，本就因「文革」被衝擊得搖搖欲墜的道德價值觀念迅速崩潰……在各種各樣的原因下，九〇年代，從偏遠的內陸到繁華的沿海，各種類型的犯罪團體紛紛湧現，針對此現象，全國各地政府展開了針對各種類型犯罪的嚴打。

關於九〇年代那兩次轟轟烈烈的嚴打，八〇年代出生的人應該都還有隱約的印象，因為那個年代幾乎家家吃晚飯的時間都會看《新聞聯播》，而《新聞聯播》天天都有關於嚴打的重點新聞。

市電視臺想做一個畢業班的專題，學校選定了幾位老師和同學接受採訪。我因為經常參加演講辯論賽，被老師認為是會說話的人，所以我也是被採訪的對象。

問題一早就知道，答案國文組的老師也早就寫好，所以一切都是表演。

電視臺的人先在樓下的乒乓球桌旁取景，採訪對象是沈遠哲，而我的景則定為畢業班的走廊，所以我就站在走廊裡一邊等他們，一邊默默背誦著國文老師寫好的臺詞。

我看他們快要結束，趕緊去了一趟廁所，防止待會兒萬一緊張想上廁所。

廁所在走廊盡頭，緊挨著上下的樓梯。

從廁所出來時，我和一個大步跑上樓的人差點兒撞到一起，我煞住步伐，對方卻停都沒有停地直接越過我，可他走了幾步又立即回頭，原來是張駿。

感覺他幾乎是一跳就到了我面前，把一把黑色的東西遞給我，壓著聲音說：「幫我藏起來。」是一把手槍！我呆了一呆，當時的反應是立即轉身，走向廁所，可剛走到女廁門口，就意識到不對，那裡並不是藏東西的好地方。我想了一想，拉起毛衣，把手槍貼著自己的肚皮，插進褲子，勒緊褲帶，固定在腰帶之間，然後，把秋衣、毛衣、大衣都整理好，如同剛上完廁所一樣走出來，回到預先設定的採訪地點。

張駿坐在教室裡，我經過他們的教室時，兩人的眼神一錯而過，似乎交換了很多，又好像什麼都沒有表達。

我剛站到老師的辦公室和我們班拐角的走廊處，記者和攝影師、我們的訓導主任，以及其他幾位老師都上來了。

記者提點了我幾句要注意的事項後，開始錄影。

「妳覺得學習壓力大嗎？」

我微笑著說：「有一些壓力。」

「這種壓力是來自老師，還是來自父母？」

「我想都有一些，還有自己對自己的期望……」

幾個穿著警服的人從樓梯上來，看到我們在錄節目愣了一下，停住了腳步。訓導主任立即去溝通，記者和攝影師都好奇地看著他們，不知道他們低聲說了什麼，訓導主任面色大變，和國文教研組的組長交代了幾句，隨後就陪著員警而去。

看到幾個員警分別進入各個班級，我心裡已經明白他們為何而來。

國文教研組的組長笑著請記者和攝影師到樓下完成下面的採訪，記者們雖然很好奇，但是十多年前的中國新聞絕對不會挖新聞和爆料，他們的重心是引導和宣揚健康安定的社會風氣，所以他們好奇歸好奇，卻依舊隨著教研組組長下樓。

我們走出國中部時，外面有員警把守，神色嚴肅，但看到記者和攝影機都很客氣，再加上校長大概已經解釋過，所以雙方只簡單交談了幾句，詢問清楚我們各自的身分後就讓我們離開了。員警的視線在戴著黑框眼鏡、梳著馬尾巴、穿著樸實無華的我身上連一秒都沒逗留。

等離開員警一段距離，站在學校的主幹道上，重新擺好姿勢，接受採訪時，我背脊上冒著冷意，心卻安定下來。

我非常配合，盡量表現出大人心目中期待的畢業生的樣子，記者和教研組長都很滿意。

攝影師誇獎我很上鏡，教研組組長以一種驕傲的語調介紹道：「一中很注重全面培養學生，並不以升學為唯一目標，學校會盡力為學生創造機會，讓他們發展專長。像羅琦琦同學曾多次代表本校參加演講比賽，得到很好的訓練與成績。」

因為攝影機還沒有關，攝影師就順便把教研組長的話錄了下來，記者在一旁說：「這點也很好嘛，回去後可以和組長商量一下，把這段加上去，更加全面地呈現畢業生的學校生活。」

教研組長沒想到自己的無心插柳居然有此效果，不由得很開心，陪著記者和攝影師向高中部走去：「接下來是幾個高三的學生。」

攝影機關掉後，大家都變得很輕鬆，記者滿是期待地說：「聽說我們副臺長的兒子陳勁就在一中讀書。」

教研組長忙笑著說：「是的，陳勁同學很優秀……」教研組長化身為八卦門掌門人，向記者和攝影師八卦陳勁的一切，記者和攝影師聽得津津有味，顯然比採訪什麼高三學生有興趣得多。

我看他們沒留意我，就裝作好奇感興趣的樣子跟著他們走，不過，我們的老師也都十分奸猾，還沒到高中部就發現了我的計謀。

一個老師說：「羅琦琦，妳……」

我沒等他說完，就接著組長的話茬說：「我和陳勁小學時是同桌。」

陳勁作為一中建校史上最亮眼的天才，再加上超級良好的家世，魅力無可抵擋，關於他如何聰明的故事版本有很多，老師們絲毫不疲倦於流傳他的故事，電視臺的人則還有一分窺伺長官隱私的心理，所以教研組長、記者、攝影師、老師都產生了興趣，立即看著我，不再提要我回教室的話。

我一邊走，一邊講陳勁的故事，像是他上課從來不需要聽講、他喜歡猜謎語、他其實很早就可以跳級、他很討厭我們的數學老師、陳勁的媽媽想讓他跳級，陳勁的爸爸卻不同意……當然還半真實半編造地講了一些他和我坐同桌時發生的獨家祕聞。

我的獨家資料讓記者和老師都聽得很過癮，記者回電視臺之後，和同事們聊天時，絕對可以以權威姿態八卦副臺長大人的公子。

等八卦到高三的樓層，開始準備採訪後，幾個老師都暫時忘記了需要趕我回教室去用功讀書，我就默默地在一旁觀看。

負責打雜的電視臺實習生問我：「妳對採訪很感興趣？」

我露了一個極其陽光的笑容：「記者被譽為『無冕之王』，我十分崇拜義大利的女記者法拉奇，我的理想就是做一名女記者，最好能是戰地女記者。」

幾位老師都笑了，大概心裡覺得我太天真浪漫，表面上卻絕對不會撲滅我的理想，所以沒有一個人催促我回去，我身旁的實習生還熱情地為我說明記者採訪時應注意的事項。

因為剛才沒有拍到教室走廊的鏡頭，所以這會兒補上，鏡頭的背景是教室裡正埋頭苦讀的學生，鏡頭前方是畢業班的代表談感受。

小波正坐在教室裡看書，竟然頭都不抬，絲毫不關心走廊裡正在發生什麼事，這傢伙也未免太刻苦了！

終於，他似乎察覺了什麼，奇怪地抬起頭，就看到我站在攝影師身後，盯著他，衝他做鬼臉。他眼中閃過詫異，與我對視了幾秒鐘，微微一笑，又低下頭繼續看書。

我看所有人都盯著攝影機，沒人注意我，就繼續打量他。他似是知道我仍在看他，變換個姿勢，以手撐著額頭，用動作暗示我收斂點兒。我笑了笑，決定不再看他。

想起小肚子上還貼著一把槍，我卻絲毫沒有緊張感，剛開始還有些因為冰涼產生的不舒適，這會兒鋼鐵已和我的體溫同度，連不舒適的感覺都沒有，我似乎天生有做壞人的資質。

等採訪完第一位學生，記者們準備去採訪下一個，需要再換一個景。實習生問我要不要一塊兒去見識，我搖搖頭：「今天已經一飽眼福，現在得回去念書了。」

實習生非常好，衝我笑：「好好學習，祝妳早日成為一名優秀的記者。」

我笑著和他說再見。

等他們朝著樓梯走去，離開視線後，我立即躥到窗戶旁邊，對小波小聲叫：「車鑰匙給我。」小波沒有問我任何原因，把自行車鑰匙扔給我：「在樓前停著，靠樹林，沒在車棚裡。」

「放學後，幫我拿一下書包。」

我衝著他做了個鬼臉，立即跑著從另一邊的樓梯下樓。騎上小波的破自行車，衝出學校，等出了學校，我才敢把槍從肚子上轉移到大衣口袋裡。

我拚命地踩自行車，竟然一口氣騎了一個多小時，到一處沒有人煙的荒地上，躲到一個偏僻角落裡。我從大衣口袋裡拿出槍，仔細欣賞，沉甸甸的，和玩具的感覺完全不一樣。

我把玩了一會兒，然後掏出自己的毛線手套，細心地擦拭槍上的指紋，雖然我很懷疑我們市的偵查技術沒有什麼指紋識別，不過電視劇和偵探小說不能白看。

擦拭乾淨後挖了個坑，把它深埋了起來，又將周圍偽裝得和其他地方完全一樣後，一邊倒退著離去，一邊拿著毛線手套將自己的足跡一點點掃掉，又刻意去別的地方踩了幾個腳印，也許完全多餘，不過小心謹慎永遠沒有錯。

跳上自行車往回騎，有起風的趨勢，等風颳大時，塵土會把裸露在地皮上的一切痕跡都掩蓋。

還沒到家，天已全黑。我去小波那裡還自行車，我的書包和自行車都在他那裡。雖然我沒給他我的車鑰匙，不過開一個自行車鎖，他應該還不成問題。

他看著我說：「員警今天把國中部翻了個底朝天，聽說連廁所都沒有放過，張駿、郝鐮被帶走了，據說在隔離審訊。」

我不吭聲，小波見我不說話，知道我不會說，他淡淡說：「今年是嚴打年，不管做什麼，都請先清楚明白地考慮後果。」他把書包遞給我，「趕緊回家，妳媽肯定要著急了。」

我朝他抱歉地笑笑，跳上自行車飛奔回家。

我不知道別人做了壞事是什麼反應，而我沒有任何異常行為，正常地吃飯，正常地看電視，甚至正常地又看了一會兒阿嘉莎·克莉絲蒂的破案故事，然後上床睡覺。

躺在床上，想了一會兒張駿，就慢慢地睡著了。

半夜卻突然驚醒，一身的冷汗，夢中，張駿被關在監獄裡，無數鐵欄杆，散發著冰冷的寒光。

我緊緊地拽著被子，睜著眼睛發呆，不敢閉眼，因為一閉眼就是夢裡的畫面。

清晨起來，我如往常一般去上學，大家的神色都很怪異，大概是昨天的場面震住了所有人。雖然員警執行公務的場面在電視上經常見到，可真的出現在身邊時，大家都不太能適應。

關荷問我：「妳昨天到哪裡去了？」

「大姨媽來了，褲子被弄髒，想著反正沒有課，就直接回家了。」

關荷同情地說：「做女生真麻煩。」

我點頭。

關荷小聲說：「妳聽說了嗎？張駿被警察局抓走了。」

「啊？難怪大家都好奇怪的樣子，為什麼？」

「不知道。老師把我們的書包、課桌都搜了一遍，還把好多認識張駿、郝鐮的人叫出去，單獨問話。」

關荷呆呆的，有些出神，很久之後，她才又小聲說：「童雲珠就住我家附近，有時候我們會一起回家。昨天放學後，我看到童雲珠在哭，我以前聽說……」她欲言又止，我靜靜地看著她，她考慮了一會兒，終於決定信任我，「我聽說郝鐮吸毒。童雲珠毀過幾次他的毒品，他也答應過她要戒，可總是過一段時間又開始吸。」

童雲珠是我們這年級的美女之一，再加上是蒙古族人，能歌善舞，該班每年的文藝演出都由她負責，所以她在我們這年級的知名度很高。

可這個郝鐮，我只聽說過他是童雲珠的男朋友，曾留過級，但人似乎挺老實，一直不怎麼鬧騰，所以具體他長什麼模樣，我都不清楚。

這可真是應了一句老話——會咬人的狗不叫，學校裡最會抽菸打架喝酒、最出名的壞男生其實都不是最壞的人。

「張駿和郝鐮熟嗎？」

「不熟，張駿和童雲珠關係很好，和郝鐮沒什麼交情。」

我鬆了口氣，那就好。

後來吳老師也問我，昨天採訪完後，我為什麼沒有回來上自習，我告訴了她同樣的理由。碰上這樣的特殊事情，再加上我向來無組織、無紀律，我不請假地消失，吳老師認為完全正常。

我若無其事地上學、放學，留意著一切八卦消息，渴望聽到任何一點兒關於張駿的消息，可同學們的小道消息越傳越邪乎，一會兒說張駿在吸毒，一會兒又說他在販毒。

雖然不知道張駿到底跟著小六都幹了些什麼，不過，我相信我的直覺和高老師的判斷，他並不是一個隨波逐流的人，毒品是什麼東西，他應該很清楚，我不相信他會沾染。

日子一天天過去，張駿仍被關在警察局，我開始焦慮，又不敢露聲色，要求自己面上一定要和往常一樣。這個時候我才知道，當年站乒乓球桌，在眾目睽睽下，強迫自己若無其事地笑實在不算什麼。

每天晚上的《新聞聯播》都會播放關於全國各地嚴打的新聞，以前看到這些，覺得距離自己很遙遠，可現在，有一種心被刺刀高高挑起的感覺。

兩週後，迎來了期中考試，張駿依然沒有回來。考完期中考試，直到期中考試成績公布，他才回來。

在走廊裡，看見他的一瞬，我終於覺得被懸掛在刺刀上的心回到了原處。心裡是悲歡聚合，風起雲湧，可臉上一點兒表情都沒有，如往常一般，從他身邊直直走過，走入教室。

張駿在警察局應該受了很多「教育」，神情明顯透著憔悴，臉上的鬍子全冒了出來，他似乎完全沒心情留意自己的外表。

張駿雖然回來了，卻一直沒理會我，我也沒理會他。

我的期中考試成績前進了二十來名，跑到了全班的中游。我爸媽對我的要求一貫很低，看到我進步就挺開心的。

吳老師卻依舊鬱悶，這是她在一中帶的第一個班級，她接手這個班的時候，我是被她假定為能替她爭光、幫助她在一中站穩腳跟的學生，可現在我讓她很失望。

小波的期中考試成績，不對，該說模擬考試，成績相當不錯，年級第四十九名。

又過了一個多星期，有一天，我正騎著自行車回家，一個人騎到了我旁邊。

我瞄了一眼是張駿，沒理會。到了要拐彎的地方，他用車堵著我，沒讓我拐，我只能跟著他繼續騎。

他領著我到了河邊，停下自行車，問：「東西呢？」

「扔了。」說完，我就踩著自行車要走。

他一把拽住我：「我沒和妳開玩笑，把東西還給我。」

「我說了我扔了，你有本事就去垃圾處理廠找。」

「那個東西是有主的，如果拿不回去，他會很生氣。」

我冷笑：「我真是好害怕呀！你去告訴他，讓他來找我好了！」

他盯著我，我揚著下巴，盯著他。Who怕Who？

他沉默了一會兒，問：「妳要怎麼樣，才能記起把它丟到哪裡了？」

我盯著他，不說話。

他語氣軟了下來：「如果不把東西拿回去，我會有麻煩。」

我冷冷說：「我看你把東西拿回去才有麻煩。《中華人民共和國刑法》第一百二十五條明文規定：非法儲存槍支、彈藥、爆炸物的，處三年以上十年以下有期徒刑；情節嚴重的，處十年以上有期徒刑、無期徒刑或者死刑！」

他沉默地看了我一會兒，沒有說話，倒是笑了，這是自從出事以來，我第一次看到他笑。

我有一種對牛彈琴的挫敗感，狠狠打開他的手，踩著自行車要走，他忙拽著我的自行車後座，把我拽回去。

他想了想，說：「我在警察局被關了兩個多星期，該想的不該想的，過去的將來的，我都想了一遍，裡面的滋味的確不太好，當時真挺害怕從此就待在裡面了。」

「你的意思是你後悔以前的所作所為了？」

他不吭聲。我盯了他一會兒，說：「上車。」

他立即去拿他自己的自行車，我帶著他去我埋槍的地方，把槍挖了出來。

他要拿，我手一縮，握著槍問：「裡面有子彈嗎？」

他點頭。

「你會用嗎？」

他又點頭。

「怎麼用？電視上老說什麼保險栓的，保險栓在哪裡？」

他微笑著說：「這是雙動扳機，沒有電視上所謂的保險栓，妳如果用的力氣大點兒，連扣兩下，子彈就出來了。」

我學電視上握槍的姿勢，把槍口對準他，他笑著說：「這個可不好玩。」

我問：「你最喜歡吃什麼？」

他驚詫地看著我，我用食指壓了壓扳機，嚴肅地說：「回答我！」

「紅燒魚。」

「喜歡爸爸媽媽嗎？」

「不喜歡。」

「最喜歡哪個姐夫？」

「二姐夫。」

我的語速越來越快，他被我也帶得越來越快。

「最喜歡哪個姐姐？」

「四姐。」

「最感激的人是誰？」

「高老師。」

「最恨的人是誰？」

「奶奶。」

「最喜歡哪個女朋友？」

「都……」頓了一頓，「現在的。」

我裝作沒留意，繼續問：「最喜歡哪個同學？」

「都一樣。」

「你喜歡的女孩是誰？」

他笑，我惱怒地晃了晃槍：「別笑！沒看我拿著槍嗎？」

「妳不是剛才問過嗎？現在的女朋友啊！」

我又胡亂湊了幾個問題，全部問完後，把手槍遞還給他：「把我的指紋擦掉，你要是進了監獄，千萬不要供認出我，否則我做鬼也要來報復你。」

說完站起來，轉身就走，他在身後叫：「羅琦琦。」

我回頭，他走到我面前，雙手一上一下地握著槍，拉了下套筒，聽到一聲輕響。他用槍抵著我的太陽穴，說：「剛才我忘記教妳一個動作了，現在子彈才進入槍管，連扣兩下才能射擊。」

我鼻子裡哼了一聲，不屑地說：「你敢開槍才有鬼！」

剛說完，就聽到他扣了一下扳機，我的身子不受我控制地抖了一下，他的眼光很冰冷，而抵著我太陽穴的槍管更冰冷，我第一次明白那些人叫他「小駿哥」絕對理由充分。

很多時候，當一件事情發生太快時，很多人都會有一時之勇，但有些時候，當一件事情可以很緩慢地從腦袋裡過濾時，感覺就會完全兩樣，勇氣不是隨著時間凝聚，而是隨著時間消散。

我現在就是這種感覺，槍管的冰冷從我的太陽穴一點點往裡滲透，我從剛開始的嗤之以鼻，到漸漸相信他真有可能開槍，甚至在心裡像做幾何題一樣急速地分析，而且，他即使殺了我，也沒有人會知道。

首先，我和他從來沒有交集，我們三年沒有說過話；其次，沒有任何人知道我為他藏槍，更沒有人知道我為什麼會出現在荒郊野外，他完全沒有殺我的動機。

再次，只要他殺了我之後，把屍體做一定的處理，可以很容易地把員警誘導至別的方向，而我相信我們市員警的破案能力絕對不可能如阿嘉莎·克莉絲蒂筆下的偵探一樣……

「輪到我問妳問題了，我問一句，妳立即回答一句，不許猶豫。」他的說話聲打斷了我的邏輯分析，我只能凝神聽他的問題。

「妳最喜歡吃什麼？」

「羊肉串。」

「妳喜歡父母嗎？」

「不喜歡。」

「喜歡妹妹嗎？」

「不喜歡。」

「最喜歡的親人是誰？」

「外公。」

「他在哪裡？」

「死了。」

「最感激的人是誰？」

「高老師。」

「最恨的人是誰？」

「趙老師。」

「許小波是妳的男朋友嗎？」

「不是。」

「妳愛許小波嗎？」

「不愛。」

「妳最要好的朋友是誰？」

「曉菲。」

他看著我，沒有再問問題。

我聲音乾澀地問：「你問完了嗎？」

他把槍拿開，我立即飛奔跑向自行車，騎上車，用盡全身力氣地踩踏板，只想盡快逃離他。

Chapter 24

情一往而深

辛勞的付出不算什麼，長久的等待亦不算什麼。只要當驚瀾落定，一切可以如願來臨。
可是，生活原是一齣悲喜劇，付出與得到並不對等。

又到了每年文藝會演的時候，我們班的兩個節目，一個是宋晨他們排演的小品，另一個是關荷的二胡。

關荷邀請我和她共同演出，我驚笑：「不可能，我沒文藝細胞。」

關荷笑著說：「妳只需隨著音樂唱唱歌，和平時唱卡拉OK一模一樣。」

我仍然搖頭，她給我深刻剖析她想這樣做的理由。

「馬上就要中考，中考後，不知道我們能不能進同一所學校。即使進了同一所學校，我們同班的可能只怕也很少。

也許隨著時間，妳我之間自然而然就會疏遠，我只想給我們這一年的同桌留一個回憶，也許有一天，妳看著妳女兒在禮堂表演歌舞時，會突然想起我，想起曾有一個女孩和妳一起唱過歌。

上高中後，我會專心學習，不再參與文藝活動，這大概是我中學時代的最後一次演出，我想讓它特別一點，這是我送給自己，也送給妳的畢業禮物。」

她的話很要命的瓊瑤，但更要命的是，我竟然被打動了。

我說：「到時候萬一丟人現眼，妳可別怪我。」

關荷明白我已經答應，笑著說：「沒關係，我沒打算拿獎。」

張駿看似放出來了，可時不時就會缺課，老師們都知道他肯定又被員警請去問話，所以連請假單都不需要。

張駿在學校時總是沉著臉，一副在思索問題的樣子，我懷疑他即使人不在警局，也在思索如何回答員警的盤問。

他現在面臨的問題並不比之前輕鬆，他也許做的事情不多，可知道的事情卻不少，究竟要不要講義氣，並不是一個容易的選擇。

張駿還是那個張駿，和以前一樣蔫蔫的，可七班幾個魔頭看他的眼神全變了，上自習課很安靜，聽課時也很老實，反正，突然之間，張駿就變得很有威懾力。

郝鐮仍然沒有來上學，連最八卦的同學都不清楚他的消息，但大家都認為，他犯的事情肯定比張駿嚴重許多。

童雲珠經常去找張駿，張駿沒沉著臉思索問題的時候，就一定是陪著她，導致大家經常看見他們倆在一起，卻從沒看見過張駿和女朋友陳亦男在一起。

我有一種感覺，張駿應該又要被甩了。

果然沒多久，從高中部傳來消息，陳亦男和張駿分手了，她的分手方式和先前兩位女朋友比起來十分文藝，非常符合大眾對文藝女青年的期待。

那一天，宋晨他們在討論臺詞，我和關荷商量著要唱什麼歌，走廊裡的喧譁聲突然消失，幾個女生跑進來，抱歉地問：「可不可以聽一會兒廣播？」

我們都納悶地點頭，以為學校裡有什麼突發事件，校長要講話。

她們把廣播打開，立即聽到校園電臺主持人充滿感情的聲音迴盪在教室裡：「下面這首歌，是我們電臺前任臺長陳亦男點播給她的好朋友張駿，她想對他說三句話。第一句『謝謝你』，第二句『再見』，第三句『對不起』。接下來讓我們一起欣賞歌手陳淑樺的〈滾滾紅塵〉。」

起初不經意的你
和少年不經事的我
紅塵中的情緣
只因那生命匆匆不語的膠著
想是人世間的錯
或前世流傳的因果
終生的所有
也不惜換取剎那陰陽的交流
來易來去難去
數十載的人世遊

分易分聚難聚
愛與恨的千古愁
本應屬於你的心
它依然護緊我胸口
為只為那塵世轉變的面孔後的翻雲覆雨手
來易來去難去
數十載的人世遊
分易分聚難聚
愛與恨的千古愁
於是不願走的你
要告別已不見的我

我常在K歌聽出入，卻是第一次聽這首歌。歌真好聽，可想到「本應屬於你的心，它依然護緊我胸口」是陳亦男，「於是不願走的你，要告別已不見的我」是張駿，我居然從一首滿是傷感的歌曲中聽出了喜感，不停地在笑，關荷也咬著唇笑。

有女生在走廊叫：「張駿就在樓下，他也聽到了。」

教室裡的人全都呼啦啦地衝到了走廊裡，趴到視窗往下看，關荷也拉著我往外走。

白楊林旁的水泥道上，張駿和童雲珠並肩而行，校園的大喇叭正放著歌，各個教室裡的小喇叭也放著歌，儼然一個大合唱。

「……至今世間仍有隱約的耳語，跟隨我倆的傳說，來易來去難去，數十載的人世游，分易分聚難聚，愛與恨的千古愁……」

看不清楚張駿是什麼表情，只看到他和童雲珠在路上站了一下，轉身向遠離教學樓的方向走去，大概他也預料到現在國中部的走廊裡，一堆人等著看他笑話。

女生們聽得很感動，浮想聯翩、竊竊私語，竟然一個瞬間就衍生出了張駿、陳亦男、童雲珠的三角戀情，嗯，還有一個編外人員郝鐮，四角戀情。

關荷臉搭在我肩膀上，笑得整個身體都在抖。

我本來也在笑，可笑著笑著，突然想起了，除了他們四個，其實還有一個編外主演——關荷，一個超級路人甲——羅琦琦。

臉上仍笑著，心裡卻蔓生出苦澀。能對張駿瀟灑地揮手說再見的女生多麼幸運，我何嘗不想說再見呢？

這個年齡的感情本就該如變幻莫測的青春，喜歡是一剎那，不喜歡也是一剎那。我們會因為玻璃窗上的一個側影喜歡對方，也會因為他幼稚的一句話而不喜歡；會因為他的某個眼神喜歡，也會因為他的某個舉動不喜歡……

周圍的同學也的確都這樣，這個學期喜歡A君，下個學期也許就喜歡B君了，一邊失戀著，一邊愛戀著。可為什麼我不是這樣的？這麼多年過去了，我一面決絕地疏遠著張駿，一面卻總是關注著他，為他心痛，為他難過。

「下面是詩歌鑒賞，今天為大家選播的詩歌是……」

我走進教室，拉了一下開關繩，把廣播關了，和關荷說：「不如我們就唱這首歌，聽著調子都不高。」

「等全禮堂哄堂大笑時，張駿會來找我們麻煩的。」

「怕他？他難道不就是來娛樂大家的嗎？他今年簡直比娛樂明星還娛樂，一會兒是香港警匪片，一會兒是臺灣瓊瑤劇，我看我們應該頒給他一個『兩岸三地最佳娛樂獎』。」

周圍聽到我說話的宋晨、李杉他們全都大笑起來。

關荷笑著說：「不愧是辯論賽的高手！幸虧妳性格不好鬥，否則誰和妳吵架能吵贏啊？被妳挖苦死了，還要陪著妳笑。」

「那我們就唱這首歌吧？即使不能得獎，也能藉著張駿的東風，博個滿堂歡笑。」

關荷笑得喘不過氣來：「不可能，剛到訓導主任那一關就會被刷掉了，咱們的訓導主任最討厭學生跟著港臺流行風學，幸虧一中的校長不是他，否則一中肯定和集中營差不多。」

我很嚴肅地和她說：「妳可別給我選革命歌曲，我唱不了；也別是民族歌曲，我更唱不了。」

關荷犯愁地點頭。

我逕自去看自己的小說，由著她去想辦法，最好想不出來，放棄我。

因為小波進入高考衝刺階段，學業繁重，加上我要和關荷準備文藝會演，所以很長時間都沒有去找小波。

每個星期一，學校都會舉行莊嚴的升旗儀式。高中部在廣場左側，國中部在廣場右側，升國旗時，同時向國旗肅容致敬，但國旗升完後，就各自進行各自的一週教務總結。

可今天非常反常，學校把國中部的學生和高中部的學生召集到了一起，校長開始講話。

「……在未來，學校一定要加強學風建立。學校近來出現的一些惡劣事件，已經嚴重影響一中在外的聲譽，學校決定嚴肅處理，所以決定給予以下學生處分。」

主管學校風紀的副校長拿著一張名單，開始宣布：「國中部三年三班郝鐮，記大過處分、開除學籍、勒令退學；三年七班張駿，記大過處分、留校察看半年；高中部一年級ＸＸＸ記過處分；二年級ＸＸ記過處分……」

我正不想聽了，突然聽到：「三年六班許小波，記大過處分、開除學籍、勒令退學……」

我整個人呆住了，怎麼都不相信自己聽到的。

肯定是聽錯了！絕定是有人和他的名字發音相似！

校長開始訓話，我卻只想去奪下他們手中的名單看個仔細，好不容易等到這個異常漫長的晨會結束，我立即衝到學校的公告欄前，白榜黑字的布告已經貼出。

真的是小波！

我再顧不上上課，轉身就要離開。

關荷看出我的意圖，提醒我：「校長已經發話，各班班導師都要開始嚴抓紀律了，妳別往槍口上撞。」

我沒理她，從學校的側門溜出學校，叫了一輛計程車去歌廳。

歌廳的大門緊閉，我敲了半天的門都沒有人應聲，我只能去「在水一方」，沒想到「在水一方」也緊鎖著門。

我急得在外面狂砸門，終於，側面的窗戶打開，裡面的人看是我，叫我：「羅琦琦！」

我衝過去：「李哥呢？小波呢？」

他拖著我的手，讓我翻進去：「等等，我這就馬上打電話給李哥，說妳在這裡。」

我焦慮地走來走去，他打完電話，回來說：「李哥說他馬上就過來，讓妳等等。」

「究竟出了什麼事情？」

「我只是小弟，具體不清楚，只聽說小波哥的場子被人舉報有毒品，烏賊哥被抓進警局，小波哥好像把人打成殘廢，李哥就先把所有的生意都關了。」

我癱在沙發上，一動不能動。

外面汽車的喇叭突然響起，他趕忙打開門讓我出去，並向我示意：「李哥到了。」

我匆匆跑出去，鑽到李哥身邊坐下，迫不及待地問：「小波呢？」

李哥的眼睛中滿是血絲：「我派人把他押送到外地去了。」

「他會被判刑嗎？」

「我正在盡力和傷者周旋，希望他能告訴警方，沒有看清楚誰打他。」

「成功的機會大嗎？」

「有門。我打發了人去軟硬兼施，他父母年紀都大了，他殘廢已經是事實，與其賭一口氣把小波送進監獄，不如拿一筆錢好好過後半生。他如果和我們較勁，我們現在拿他沒辦法，不過，除非他連我一塊送進牢房，否則等今年的風頭過了，他一家子都最好備好棺材，老子豁出去了。」

「小波為什麼要這麼做？歌廳裡真有毒品？」

「妳是知道我規矩的，絕不沾毒品，歌廳的毒品是被人陷害。這要怪我，我想著這些年一直規規矩矩做生意，管他鬆打嚴打都和我沒關係，光顧著看小六的熱鬧，沒料到卻被人陰了。小波百口莫辯，烏賊為了保小波和我，把所有罪名都攬到自己頭上。我那幾天情緒有些失控，說了幾句不該說的話，把小波逼得太狠，再加上得到烏賊肯定要坐牢的消息，小波一衝動就發狠了。」

我茫然地盯著前面。小波不是最能克制、最理性的人嗎？他不是告訴我外面的世界很大，不要太早讓翅膀受傷嗎？他最想做的事情不是上大學嗎？

我喃喃說：「小波被學校開除了。」

李哥很黯然，卻安慰我說：「沒事，只要這件事情擺平了，我回頭想辦法在外地給他弄個高考名額，明年再考也來得及，就當作等妳一年。」

我頭靠著玻璃窗，不說話。

「琦琦，回去上課吧。」李哥的車停在一中門口，「江湖義氣很多時候都是句面子話，看看小六手下的兄弟們叛的叛、逃的逃，就知道人都把自己的命看得更金貴，關鍵時刻，沒有一個認他是大哥。小波和烏賊卻絕對可以拿身子幫我擋刀，我對他們一樣，所以，妳放心，我一定不會讓他們有事。」

我沒吭聲，不會有事？現在一個在監獄，一個逃到外地，這就叫沒事？

李哥又說：「我知道妳心裡難受，恨不得能幫小波去頂罪，可妳真的什麼都做不了，妳只要在學校裡好好讀書，就是對我們最大的幫忙。」

李哥說這話時，手上的青筋都直跳。

我點了點頭，推開車門下車，又回身叮囑：「有什麼消息都通知我，不管是好……還是壞。」

「知道。」

到了教室門口，本以為吳老師要懲罰我，沒想到她竟然讓我進去，我也沒心情去思考，沉默地坐到座位上。

關荷低聲說：「我幫妳請假了，說妳大姨媽又來光顧，待會兒下課老師若問妳，小心露餡。」

我點了點頭，其實她多慮了，吳老師非常喜歡她，她的話老師絕對相信。

Chapter 25

永遠的回憶

總有些時光，要在過去後，才會發現它已深深刻在記憶中。

多年後，某個燈下的晚上，驀然想起，會靜靜微笑。

那些人，已在時光的河流中乘舟遠去，消失了蹤跡。心中，卻流淌著跨越了時光河的溫暖，永不消逝。

小波出事，讓我突然之間沉靜下來，以往的叛逆和桀驁全都消退，我變得異常乖巧，每天的生活兩點一線，學校和家。

我開始把心思全部收攏到學習上，因為我知道這是小波最希望我做的事情，他每次看到我成績好都會很高興。我現在幫不上他任何忙，這是我唯一能為他做的事情。

從曉菲出事到張駿出事，我一直在混日子，不要說我討厭的英語，就是喜歡的數學理化，我也落後了不少進度。

我先利用幾天的時間，把數學和理化的課本從頭到尾翻了一遍，將所有知識整理了一遍，把書上的例題研究透澈，然後翻關荷手頭的參考書，專揀關荷用紅筆勾勒出的難題看，越刁鑽的越喜歡，因為心思被困住的時候，就會一心全在題目上，從各個角度去思考如何把題目解出來。

關荷不動聲色地看我把難題一道道解決，我每解決完一道就拋棄計算紙，絲毫不保留演算論證方法，她卻把我的草稿紙拿去保存。

我每天都非常認真，不看小說、不走神，總是在做習題。關荷很是驚異，不明白我為什麼突然轉了性子。

上課的時間做題，課間活動的時候準備文藝會演，做小品的義務觀眾，看宋晨、李杉排練小品。小品的腳本是宋晨寫的，可臺詞最後的成型卻是我們大家集體的智慧結晶。

在排練過程中，大家一遍遍反覆修改，有時候忘詞了，演的人亂說一氣，反倒效果驚人，大家一致高叫：「保留、保留！」

我和關荷左挑右選後，選定了鄧麗君的〈又見炊煙〉，既符合我沒有天賦的嗓音，也沒有什麼明顯的「情愛」字眼，觸動訓導主任的忌諱。

他們練完小品休息時，就換我和關荷練歌。

宋晨對我特別不客氣，我唱歌的時候，他經常發出驚恐的大叫，表示被嚇到，幾次三番和關荷說：「我總有一股衝動把她關進廁所，誰支持我？」

關荷笑著說：「我比較支持把你關進去。」

在大家的笑聲中，我有種很恍惚的感覺，我似乎和每一個這個年齡的女生沒有兩樣。讀書、學習、與同學和睦相處、玩玩鬧鬧。

可笑聲過後，我知道我和他們不一樣，他們可以不知憂愁地追逐打鬧，而我卻會看著窗外，想著小波現在在哪裡？什麼時候回來？

在我快把宋晨的小品臺詞背誦下來時，文藝會演終於到了。

一切都好像和我剛進國中時一樣，每個班的美女俊男們藉歌舞互比高低，林嵐依舊用兩支舞蹈占盡風騷，幾乎可以肯定二班能得獎。

可是，一切又和我剛上國一時不一樣，童雲珠沒有參加會演，也沒有曉菲的身影，張駿應付員警已經心力交瘁，更不可能玩這個。

年年歲歲，文藝會演都相似；歲歲年年，人卻已不同。

除了二班的節目，一班的節目也挺有看頭，不過不受訓導主任的喜歡，因為主題不夠「健康積極向上」，而我們班的節目則是最另類的。

以前不是沒有班級表演小品，可我們班的小品，因為有宋晨這個詩人的策畫，以及一堆人編造臺詞，所以極其搞怪。

宋晨把我們班所有人的名字嵌進臺詞，編成故事展現出來，當然，這個惡搞我們都貢獻了智慧。宋晨又非常有後現代的無厘頭和解構主義風格（即使當時我們根本不知道什麼叫後現代、無厘頭、解構主義），劇中的人物形象十分猥瑣，而且毫不搭邊，比如，有反戴雷鋒帽子的胡漢三[2]、穿著紅棉襖的江青、頭髮油亮得能跌死蒼蠅的劉德華、身著大紅蝙蝠衫的郭富城……

表演的當晚，扮演胡漢三的魏老三再次不爭氣地病倒了，他們無奈之下，目光對準我和關荷，因為我們日日當觀眾，不少變態的臺詞出自於我們的貢獻，這個時候，不可能再有更適合的演員。

關荷本著「死道友不死貧道」的精神立即一口應下：「我不行，但是羅琦琦沒問題。」

在我反對無效的情況下，宋晨將一頂軍綠色的雷鋒帽倒扣在我頭上，李杉把一件洗得發白、打著補丁的中山裝套在我身上，其他人拽我換褲子的換褲子，穿鞋的穿鞋，原本要噁心魏老三的打扮全到了我身上。老三雖然瘦弱，可個子很高，有一百八，我才一六三，我把褲管捲了兩圈才不至於拖到地上。

大家看完我的裝扮，都笑得差點兒趴到地上去。

宋晨把拐杖遞給我：「很好，就這麼上臺吧！」

我哀怨地盯著關荷，關荷卻上下打量了一下我，拿起眉筆，在我嘴唇上畫了兩撇八字鬍。

他們全都邊笑邊鼓掌，十分滿意關荷的飛來一筆。

李杉笑著說：「這個樣子關荷無論如何不肯幹的，羅琦琦妳就從了吧！」

我不從又能怎麼樣？

我心裡開始默默復習臺詞，為了這個小品，大家都花費了很多心血，既然做了，就不能因為我讓大家的心血浪費。

不就是自我嘲諷、自我噁心嗎？我從國一起就沒形象了，沒問題！

小品一開演，大禮堂裡就笑翻了天，我們的班長李杉大人，平常多陽光剛健的男生呀，如今變

2胡漢三是電影《閃閃的紅星》裡面的反派腳色，是個惡霸地主。他有句經典的臺詞——「我胡漢三又回來啦！」

作娘娘腔的江青，穿著紅襖子，扭著水桶腰走蓮花步，這娛樂效果也不是蓋的！

等我佝僂著腰，拄著拐杖，反戴著綠雷鋒帽，身穿著補丁中山裝，顫巍巍地走到臺上，對著大家揮手說：「鄉親們！我胡漢三又回來了！」

臺下爆笑，評委臺上的評委們也笑得前仰後合。

等我和大家貧完，音樂一換，變成了郭富城的〈對你愛不完〉，在充滿動感的樂曲中，宋晨梳著油光水滑的郭富城小分頭，穿著蝙蝠衫、白褲子，猛地跳到舞臺上，大張開雙手，先擺了一個極其誇張、極其深情、極其酷，也極其噁心的姿勢，臺下已經有人笑到座位底下去了。

然後他開始對著所有老師學生，又扭屁股又唱歌：「胸中藏著一把火，這種日子不好過……」

調子是郭富城的〈對你愛不完〉，可歌詞已被我們竄改成了對題海作業的恨不完了。可憐的「四大天王」就這麼被他給噁心到家了，臺下的人一邊被噁心著，一邊爆笑著。

我們幾個也忍不住抿著嘴角笑。雖然已經看過無數遍，可一直沒有服裝燈光的效果，而且我發現宋晨他們都是人來瘋，在臺上的表演效果遠勝於臺下。

從古代人物到現代明星，八竿子打不到一起的人物出現在同一個故事中，宋晨把無厘頭風格發揮到極致，惡搞一個接一個，臺下的笑聲一直沒停過。

正當大家笑得最開心時，激昂的男中音突然響徹大禮堂。

「現在開始做第七套廣播體操，原地踏步走！一二三四、五六七八，二二三四、五六七八，停！伸展運動，預備起！一二三四、五六七八，二二三四、五六七八……」

調子太熟悉了，每個人每天都要做，大家聽傻了，以為是禮堂音響出了故障，打擾了演出，卻看我們邊慌亂地跑，邊大聲嚷嚷：「訓導主任來了，訓導主任來了，趕快！趕快！」

我們脫衣服的脫衣服，扔帽子的扔帽子，完全就是一群正在搗蛋的學生快被訓導主任逮到的反應，等我們歪七扭八地武裝好自己，裝模作樣地開始做廣播操時，一個戴著黑框眼鏡、灰色鴨舌帽子，背微駝，卻喜歡躬著背，背著手一大步一大步走路的人走上舞臺，正是整個國中部無人不識、無人不熟悉的訓導主任的招牌樣子。

臺下又開始哄笑，訓導主任坐在評委席上，也一邊推眼鏡一邊大笑，當時審查節目的時候，為了節約時間，他們只看了節目的三分之一，這最後一幕的惡搞，他可一點兒不知道。

在廣播體操的聲音中，我們揮手和大家道別，依次走下臺，「訓導主任」走最後一個，走了幾步，卻又突然跳回去，對著下面訓斥：「笑！笑啥子嘛？不要笑！嚴肅！嚴肅！」

四川口音的普通話，把訓導主任的口頭禪「嚴肅」二字學了個十足像，大家澈底笑翻，他立即追上我們，跑進了幕後。

講堂裡仍在笑，我們在幕後也笑，扮演訓導主任的四川籍同學吳宇嘻嘻笑著說：「不知道訓導主任會怎麼收拾我們。」

大家又笑了起來，還有一個多月就畢業了，我們都有些不在乎的張狂。

李杉對我和關荷說：「再三個節目就是妳們的表演了，妳們趕緊去準備，好好表演。」

關荷和我立即去換衣服，關荷邊換衣服，邊笑著對我說：「這是我經歷過最有意思的一次文藝會演。」

我微笑著沒說話。排練的時候，覺得無所謂，可當站在臺上，和大家一起讓所有人時而歡笑、時而哭泣的時候，很多感覺完全不一樣了。李杉、宋晨、魏老三、王豪……他們都不再只是一個個沒有溫度的名字。

我很感激關荷把我帶入她的圈子，讓我第一次有了一種叫做集體榮譽感的感覺。

我和關荷穿好裙子，班導吳老師找來的化妝師替我們化好淡妝，關荷打量著我，微笑著說：「很好看，同學們一定會大吃一驚。」

我並不相信她的恭維，禮貌地笑了笑，可聰穎的她完全猜到我的想法，認真地說：「我不是哄妳，琦琦，妳的五官不是最出眾的，可至少在平均水準之上，而且妳的氣質很特別，真的很特別，妳應該對自己有自信。」

我仍然不相信，不過，我努力地做出相信了的樣子。

我們手牽著手走上舞臺，對著舞臺下鞠躬微笑，主持人介紹完我們，關荷對我笑了笑，從我手中拿過麥克風，對臺下說話。

「從國一到現在，我已經記不清我在這個大禮堂演奏過多少次二胡，每一次都很特別，但，這一次肯定是最特別的，因為我即將畢業，也因為身邊站著我的好朋友羅琦琦。我們費了很多心思才選定這首〈又見炊煙〉，訓導主任還差點兒沒讓過，我一再和主任說『你』是女生，不是男生，主任才勉強讓我們通過。」

大家都笑，關荷也笑著說：「所以待會兒，你們只許鼓掌，不許倒喝彩，請為我們，也為你們留下一段美麗的回憶。」

同學們熱烈地鼓掌，非常給關荷面子。

關荷把麥克風遞回給我，坐到了預先放好的椅子上，開始演奏，李杉站在關荷身後敲三角鐵。

看著底下黑壓壓的人影，不知道為什麼突然就想到張駿也坐在下面，我竟然有些緊張，做為參加過多次演講辯論比賽的人，我以為自己早已克服緊張這種情緒了。

「又見炊煙……」

我的音破了，真是怕什麼來什麼，不禁苦笑著吐了吐舌頭。

文藝會演的時候，一、二年級的學生都比較老實，三年級的學生卻仗著資格老，又馬上要畢業，學校管不了，常常臺上一出狀況，就開始吹口哨、倒喝彩，不過這一次因為關荷事先請求，大部分的人都很給面子，可魔王聚集的七班卻哄笑起來。

想到張駿，我的心竟然不爭氣地開始亂跳，他是不是也在嘲笑我？

關荷緊張地看著我，示意我若準備好了，可以給她暗示，她重新開始拉曲子，可我越來越緊張，緊張得就像國一時上臺代表新生講話，聲音啞在嗓子裡，完全唱不出來。

七班倒喝采、吹口哨的聲音越來越大，帶動了不少人也開始鬧騰，我雖然心裡翻江倒海的，可臉皮很厚，表面上十分鎮靜。關荷卻從來沒經歷過這麼丟人的事情，臉漲得通紅，羞窘得好像馬上就要扔下二胡，逃下臺去。

突然，七班的座位中，張駿站了起來，大吼了一嗓子：「吵什麼吵？不願意聽就滾出去！」

七班的魔王們猛地一下子就停止了吵鬧聲，他們連訓導主任都不怕，卻很怕張駿，禮堂裡頓時變得十分安靜。

我說不清楚心裡是什麼滋味，剛才糾結張駿看著我出醜，這會兒又糾結他幫了我。

我深吸了一口氣，平復了一下心情，朝關荷點頭，示意她開始拉二胡。關荷剛開始拉錯了幾個音，慢慢地恢復正常水準，我也重新唱，聲音雖然不大，咬字卻是很清晰：

又見炊煙升起
暮色罩大地
想問陣陣炊煙
你要去哪裡？
夕陽有詩情
黃昏有畫意
詩情畫意雖然美麗
我心中只有你

這歌中的「你」是女孩子嗎？訓導主任又不是沒聽過鄧麗君，他肯定不會相信，但在這首經典老歌前，他也曾年輕過，所以他願意含蓄地放我們一馬。

一曲完畢，在大家的鼓掌聲中，我和關荷相視而笑，輸贏無所謂，重要的是我們一起度過的時光凝聚在這一刻、凝聚在這一首歌，將來，無論何時何地，當我們聽到這首歌時，都會想起對方，想起我們曾經年少的歲月。

關荷站起來走到我身邊，我們手牽著手朝臺下鞠躬，起身時，兩人的目光都看向了七班的方向。以後，不管任何時刻，只要我們想起彼此、想起我們的青春歲月，我們就會想起有個少年跳出來，救了我們。

當文藝會演的結果揭曉時，所有人都既覺得吃驚，又覺得合理。

我和關荷的歌曲沒有得獎，這大概是關荷第一次表演失手。我們班的小品奪得了二等獎，宋晨代表大家去領獎。

別人領獎時，都是鞠個躬就下臺，他卻搶過主持人的麥克風，笑著對臺下說：「我要感謝我們嚴肅認真卻又不失愛心的訓導主任。訓導主任，我們三年四班的同學都愛你！」

禮堂裡又笑成一團，因為訓導主任最討厭流行音樂中的「你愛我」、「我愛你」，很討厭我們說「愛」，常常訓斥我們，壓根兒什麼都不懂，卻天天嘴頭上「愛愛愛」，宋晨竟然哪壺不開提哪壺，訓導主任大概開始後悔把獎給我們了吧？

宋晨也怕他後悔，一說完就抱著獎盃往臺下跑，惹得整個大禮堂又哄笑。

這是我記憶中充滿最多笑聲的一屆文藝會演，不管是老師還是同學，包括嚴肅的訓導主任都在哈哈大笑。

我們幾個也一直都在笑，等頒獎禮結束，已經晚上十點多，可大家都不想回家，嚷嚷著要宋晨請客。宋晨身為有稿費收入的人，在我們中算是富豪，大家常常壓榨他。

宋晨大手一揮：「沒問題，我們去吃麻辣燙。」

大家哄然叫好，一群人彼此簇擁隨著人流往外走，仍不忘互相吐嘈，以貶低對方、抬高自己為要，大家笑的笑、罵的罵、打的打，鬧成一團，我們一群人成為人潮中最亮眼的風景。

走到校門口，已經要左轉彎，我突然瞥到街道對面，路燈的陰影處站著一個熟悉的身影，立即甩脫關荷的手，跑向馬路對面。

小波手插在褲兜裡，微笑地看著我。

我根本沒有多想，只有激動，一下子就撲到他身前，抱住他問：「你怎麼不叫我？」校門口傳來口哨聲，我惱火地叫回去：「吹個鬼！」又趕著問：「你什麼時候回來的？事情擺平了嗎？」

他微笑著說：「下午回來的。」

我太高興了，嘰嘰嘎嘎地說：「還來得及參加高考嗎？不過已經耽誤了好多時間，不如明年吧，多復習一年，考個更好的學校。」

關荷、宋晨、李杉等一幫人都走了過來，遠遠地站在一邊。

宋晨叫：「羅琦琦，妳去不去吃麻辣燙？」

小波說：「妳和他們去玩吧，我改天再來找妳。」

我遲疑著，沒說話，那邊關荷又叫：「琦琦！」

小波推我：「趕緊去吧，他們都在等妳。」

我只得向關荷、宋晨他們走過去，一群人嘻嘻哈哈地笑著走向夜市，討論著哪家的麻辣燙比較好吃。

我一邊走一邊回頭，看到小波背轉了身子，手插在褲兜裡，低著頭走路，路燈下，他的影子拉得老長。

我突然停住了腳步，對關荷說：「實在對不起，我今天晚上不能和你們一起去吃麻辣燙了，我還有點兒事情。」

宋晨他們都大叫：「太無恥了，出爾反爾！」

李杉溫和地說：「大家一起吧，不然就缺妳一個人。我們馬上就要中考了，聚一次是一次。」

關荷也勸我：「琦琦，妳今天晚上可是立了大功的，我們慶功，怎麼能沒有妳？」

我沒理會其他人，只對關荷抱歉一笑，就轉身跑著去追小波，等快趕上他時，猛地一下跳到他身邊，手從他的臂彎裡穿過，挽住他胳膊，說：「請我去吃羊肉串。」

小波微笑地凝視著我：「妳不去吃麻辣燙了嗎？」

「我喜歡吃羊肉串！」

後來，我一直想，也許就在那天晚上，小波發現了，雖然我們朝夕相處了快六年，我們都以為我們是一家，可其實我和他並不是同個世界的人。

他看著我和同學們在一起，歡快地鬥嘴、打鬧，為自己微不足道的才華和成功而自以為是地驕傲、快樂，我們表現出來的是最正常的中學生的青春和朝氣，所以，他明明是來找我，卻沒有叫我，任由我從他面前經過，走向一個和他截然不同的世界。

Chapter 26

被折斷的翅膀

愛迪生說，成功等於百分之一的天賦加上百分之九十九的汗水。我卻覺得，成功是百分之十的天賦加百分之三十的運氣，以及百分之六十的汗水。

在我們走過的路上，有不少人既有天賦，也願意付出，可命運並不垂青他們，令人尊敬的是，這樣的人往往不叫苦，也不埋怨命運，他們沉默著、努力著、繼續著。

小到一個機遇，大到身體健康，乃至生命，命運常常會毫不留情地拿走。

我們無法阻止命運從我們手中奪走東西，但是，我們可以選擇珍視我們從生活中得到的東西。

在嚴打風潮中，小六因為平常行事囂張，得罪的人太多，也不知道是真的，還是他中了別人的計，反正我聽到的消息，他因為爭風吃醋，把一個男子毀容了。毀容的方式很特別，是用飛鷹小刀片一點一點地把對方的臉皮劃爛。

這本是陳年舊賬，卻被人舉報，警察局將他收押，立案調查，又發現了他吸毒販毒、私藏槍械的罪行，幾罪並罰，被判死刑，一顆子彈結束了生命。

後來我才明白，其實和任何人都沒關係，警察早就盯著小六了，嚴打期間各個部門都有任務目標，早已決定要逮捕小六，所謂的什麼舉報，只不過是調查的障眼法。

小六被執行槍決的消息在新聞上一閃而過，我甚至都沒有意識到那是小六（我一直都不知道他的真名，他又被剃了光頭），後來聽到李哥手下兄弟們議論，我才知道那是小六。

小六的犯罪團夥被澈底剿滅，張駿卻仍然在上學，沒有進監獄，警察局也不再找他談話，證明他平安地熬了過來。

可張駿沒有一絲一毫的輕鬆表情，那段時間，他臉色分外蒼白，每天的頭髮都亂糟糟的，如同剛從被窩裡鑽出來的樣子，衣服也穿得邋裡邋遢，看人時雙眼的焦距都不集中。

他從來都七情不上面，不管發生什麼都無所謂的態度，第一次看到他這個樣子，看來整件事情，他受的刺激非常大。不過，同學裡沒有人知道他和小六的關係，倒是成全了他「情聖」的美名，大家都認定他深受失戀之苦。

關於小六的消息，學校裡沒有任何人關注，那距離他們的世界太遙遠。學校裡的小混混們熱衷於談論郝鐮，他因為以販養吸，參與了毒品交易，被判勞動改造三年。幸虧他還未滿十六歲，而且查獲時他手上的毒品分量非常少，否則只怕會判得更重。

學校裡的絕大多數同學都是第一次在現實生活中聽到毒品，他們在竊竊私語時都帶著驚異不定的表情。

毒品！多麼遙遠，感覺只有在黑幫片和教科書裡才會出現，可竟然有一天出現在我們身邊，距離我們這麼近。這個年紀的年輕人，對這樣的事情既帶著恐懼厭惡，又有著好奇崇拜。在他們的想像中，郝鐮這樣的人就像是活在另一個世界，擁有他們沒有的熱血和衝動、肆意和狂放。

郝鐮因此被蒙上了一層傳奇的色彩，而童雲珠身為郝鐮的女朋友，成為國中部最傳奇的女生。

聽到周圍的男女同學用複雜的語氣談論郝鐮時，我常常也有很複雜的感觸。郝鐮的故事究竟是怎麼回事，我無從知道，唯一能確定的就是，他在外面混時沾染上了毒癮，之後以販養吸，然後一步步變成了少年勞改犯。

張駿跟在小六身邊，肯定也碰過毒品和槍支，可他竟然能安然無恙，連我都忍不住要讚嘆他的智慧和運氣，只是他若再不改，運氣可不會永遠相隨，到時候，絕不是勞改三年這麼輕的刑罰。

烏賊沒有郝鐮這麼幸運，雖然劑量很少，他以往也沒有從事毒品交易、吸毒藏毒的任何犯罪記錄，可他已經成年，又趕上嚴打，所以被判了重刑，十年監禁。

宣判結果下來時，妖嬈瘋了一樣地打小波。小波就傻站著讓她打，別人也不敢拉。我忍了半天沒忍住，衝過去把妖嬈推到一邊，擋在小波面前。

妖嬈還想打，我指著她鼻子，寒著臉說：「妳再打一下試試，又不是小波一個人的錯，妳幹麼不去打李哥？」話沒說完，小波卻一把把我推開，推得我摔到地上。

他走到妖嬈面前，似乎還期盼妖嬈再打他，妖嬈卻沒有再打，軟跪在地上，開始號啕大哭，我坐在地上也想哭。小波痛苦地盯了一會兒妖嬈，拖著步子離去，我只能收起委屈，跳起來去追他。

李哥的店又開始營業，一切似乎恢復了正常，溫和的小波卻澈底變了。

他以前抽菸只是交際用，可現在，他的菸癮越來越大，常常菸不離手。以前雖然話少，卻仍算是一個開朗的人，現在卻沉默得可怕。

李哥對我說：「小波是我們中心思最細膩、最重感情的人。他五、六年級的時候，烏賊就帶著他玩，為了他被人罵沒爸爸而打架。他理智上比誰都明白，烏賊一個人進去，比我們三個都進去強，可他感情上卻接受不了。

烏賊自己也很清楚地安慰小波，等風頭過了，他在牢裡好好表現，我們在外面再努力疏通一下，肯定能減刑。可小波就是和自己過不去，他總覺得如果不是他當時一心都在學習上，能在店裡看著點兒，烏賊就不會被人算計了。」

我和李哥都無可奈何，只能等他自己走過心坎。

我只要有時間就去纏著他，要他請我吃東西、陪我玩。小波對我的要求很簡單，不管我怎麼玩、怎麼鬧，一定要考上好的升學高中，我只能打起精神去復習，沒日沒夜地瘋狂復習了一段時間，走進了中考考場。

考完後，我心裡很沒底，感覺肯定能考上高中，至於能不能上好高中，就要看運氣了。數學理化都還不錯，可英語能不能及格都很難說，我的英語非常差，國一、國二因為忙著討厭聚寶盆，幾乎沒學，國三卻完全是因為我自己破罐子破摔[3]。

3 罐子已經破了，又往破裡摔。比喻有了缺點、錯誤或受到挫折以後，任其自流，不加改正，或反而有意朝更壞的方向發展。

李哥幫我去打聽成績，在放榜前，他們就知道我已經被一中的高中部錄取。我父母那邊還在焦急地等待我的成績，這邊卻已經開始慶賀。

李哥為我舉行了很隆重的慶功宴，其實慶功其次，主要是想讓小波開心。來的人幾乎沒有我認識的，我心裡很難受，該來的烏賊和妖嬈沒有來，這些不該來的人來再多，笑聲再大都掩蓋不住悲傷。

小波逢人就敬酒，高興得好似是他考上了大學，那天晚上究竟喝了多少酒，我沒概念，只記得所有人都醉倒了。李哥喝哭了，對著小波直嚷「哥哥對不住你」。小波沒哭，卻一直在吐，吐完了又喝。我一滴酒沒喝，卻好像也醉了，只是不停地哭，卻不知道自己哭什麼。

放榜的那天，我媽一大早就拖著我去看榜。

我們先看的是左邊的紅榜，看看我有沒有被一中錄取。我和我媽一塊兒看，不過她在找我的名字，我在找張駿的名字。

先看到關荷的名字，她排在第十五名。我咋舌，以關荷的成績在未來高中部的學生中竟然連前十都排不上。接著往下看，在兩百多名的地方就看到了張駿的名字，我吃驚得瞪著看了半天。發生了那麼多事情，我還擔心他能不能考進好中學，結果人家不但考進來，而且考得比我好多了！

媽媽終於找到我的名字，激動地指著大叫：「琦琦，妳！妳！這裡！」

周圍的父母家長都幫我媽開心，紛紛說著：「恭喜恭喜！」

我盯著自己的名字，不想吭聲，正數三百多名，倒數五十名內，危險地擠入了一中，有什麼可值得喜悅的？

我媽可不管三七二十一，只知道我考上了一中，她激動地拉著我：「走，給妳爸打電話去，咱們今天晚上出去吃飯。」

因為在繼父身邊長大，我媽自小生活艱苦，養成了非常節儉的習慣，幾乎從不出去吃飯，理由是「外面不衛生」，實際上是摳門，看來今天她真的很開心，完全不介意外面「不衛生」了。

我突然想起李杉、宋晨他們，拽著我媽去右面的榜單，說：「我想去看看同學的成績。」

自從小波回來後，我就和關荷、宋晨他們疏遠了，甚至連我們班的畢業聯歡晚會都沒有參加。

在榜單上一一找到了他們的名字，還好，全都考上高中了。

媽媽問我：「找到妳同學的成績了嗎？怎麼樣？」

「還不錯，兩個能上名校高中，一個大概是普通高中。」

我媽媽笑著說：「那就好，走，我們去打電話給妳爸爸。」

「我不想出去吃飯，你們高興，多做點兒好菜就行了，我過會兒想去找個同學。」正說著，我看見關荷和她媽媽在人群裡擠，立即嚷聲大叫，「關荷！關荷！」

關荷牽著她媽媽想擠過來，可人實在太多，我就拖著媽媽擠過去，關荷的媽媽很瘦削，有些老相，但五官仍然能看出年輕時的美麗。

她埋怨關荷：「就和妳說早點兒來，看吧，現在擠都擠不到跟前。」

我笑著說：「關荷的成績阿姨還需要緊張嗎？我剛看了，她以第十五名被一中錄取了。」

我媽媽一聽，仰慕得不得了，很熱情地和她媽媽攀談，她媽媽卻不甚滿意，言語中覺得關荷的成績不夠好。

我媽媽立即把剛才擠在人群裡聽來的八卦轉述給關荷的媽媽：「這次一中的中考成績都不好，聽說總成績排名是所有升學國中的倒數第一，高中部錄取的前十名，竟然沒有一個是一中的。剛才幾個家長還說這是一中歷史上最差的一屆國中畢業生，都不知道這些老師怎麼教的。」

關荷的媽媽立即附和：「就是，好好的孩子都被他們耽誤了……」

關荷朝我吐舌頭，笑問我：「妳呢？」

「勉強再次擠進一中的大門。」

我媽和她媽談興正濃，頗有相見恨晚之態。

我們倆嫌又擠又熱，扔下她們，跑到遠處的陰涼處說著話。

關荷突然問：「張駿是以多少名被一中錄取的？」

我心裡驚了一下，面上不動聲色地說：「沒太注意，好像二、三百名，妳怎麼知道他一定能考上一中？」

「妳後來心思全不在學校，所以沒留意，他後來用功著呢！突然變了個人似的。上自習的時候，他們班的人吵到他看書，他竟然在教室後面把人家揍了一頓，一張凳子都被他打裂了，打得七班那幫魔王服服帖帖，別的後段班越到考試心越散，紀律越亂；他們班恰好相反，越到考試紀律越好，只因為張駿要專心復習。」

我沉默著，突然有點兒後悔聽小波的話報了一中，我應該去考別的中學。

關荷問：「妳暑假有什麼打算？出去玩嗎？李杉說他只要考上一中，他爸就帶他去杭州旅遊。

王豪父母帶他回老家，張駿這個有錢人剛考完就飛去上海逍遙了。妳呢？妳爸媽有什麼獎勵？」

「我哪裡都不想去，妳呢？」

關荷淡淡地笑：「我想去也去不了，只能乖乖在家裡，幫媽媽做家務。」

我說：「等妳大學畢業，自己掙錢自己花時，想去哪玩就去哪裡玩。」

關荷微笑：「還有七年。」

她大概是我們之中最盼望時光飛速流逝，希望快速長大的人，而我大概是唯一不想往前走，甚至想時光倒流的人。

如果曉菲能回來，如果烏賊能不進監獄，如果小波能順利參加高考……太多的如果了，可惜時光是一支開弓後的箭，只向前，不後退。

我們聊了很久，一中的校門口依然滿滿是人，我嘖嘖稱嘆。

關荷笑著說：「從現在開始，一直要鬧到高考放榜。高考放完榜，就是各個大學錄取的喜訊榜。等差不多了，又換國一新生、高一新生分班的榜單，反正一個暑假是清靜不了的。」

林嵐從人群裡擠出來，看到我，笑咪咪地向我招手，瞅著沒車，迅速跑了過來：「羅琦琦，看到妳考上一中了，恭喜！」

我這才想起，似乎一直沒有在高中的錄取榜上看到她的名字，便問：「妳不打算上一中？妳去了哪個中學？」

她笑著說：「我報的是中專，不打算讀高中。」

我和關荷都呆了一下，前些年中專生還挺受歡迎，可如今上中專是很不划算的一件事情。學習成績要非常好，比考升學高中的要求都還要高，畢業出來後卻無法和大學生比，所以，只要家境不困難的學生都不會選擇中專。

我實在沒忍住，問道：「妳的成績肯定可以上大學，為什麼要讀中專？」

林嵐看了一眼關荷，笑著說：「也不是我一個成績好的上中專，沈遠哲的妹妹沈遠思也報考了中專。」

關荷心思通透，對我說：「媽媽還在等我，我先回家了。」又和林嵐客氣地道了聲「再見」後離去。

林嵐看她走遠了，臉上的笑容淡了：「我有些讀不動，太累了，不是讀書本身的壓力，而是各方各面的。我想早點兒離開家，離開這裡，也許過幾年，一切都會被淡忘。」

林嵐是一個驕傲的女生，她在國一時，對自己的預想肯定是名門大學的漂亮女大學生，去外面的世界自由自在地飛翔，如今卻還沒有真正起飛就收斂了翅膀。

她的母親究竟明白不明白因為自己，女兒已經澈底改變了人生軌跡？大概明白的吧，就像每個吵架鬧離婚的家庭都會明白孩子成績下滑是因為他們，可大人們不負責任地任性時，比小孩子有過之而無不及。

林嵐已經盡力了。

林嵐沉默地看著一中，也許在感嘆，她永遠不會知道赫赫有名的一中高中部是什麼樣子了。

我沉默地看著遠處，藍天上有白鴿在飛翔，太陽下有鮮花在怒放，夏日的色彩總是分外明麗，可這是一個傷感的季節。

「林嵐！」

馬路對面有人叫她，是林嵐的媽媽，打扮得時尚美麗，看著完全不像有林嵐這麼大的女兒。她身旁站著一個年輕男子，身板筆挺、氣質出眾。

周圍一直有人在偷偷盯著他們看，我也忍不住多看了幾眼。林嵐對這些事情似乎非常敏感，立即就察覺了，我馬上道歉：「對不起。」

她一邊側頭朝媽媽熱情地揮手，一邊笑著說：「沒什麼。我很恨她，可她是我媽媽，如果連我都不維護她，這世上更沒有人維護她了。」她向我道別，「我走了，再見！」

她跑向她媽媽，我在心裡默默說：「再見！」

望著她逐漸遠去的背影，我真正意識到，我的國中生活結束了。

當年小學畢業，滿懷憧憬地走進一中，總覺得三年很漫長，卻沒料到只是一轉眼，可是轉眼間，卻發生太多事情。

我交的第一個朋友林嵐，考了中專；我最要好的朋友曉菲，消失得無影無蹤。她們這種數一數二的好學生沒有讀高中，反倒我和張駿這樣的憊懶貨色混進了高中。

我慢慢地踱著步子，走到了歌廳，小波沒在店裡，坐在店外的柳樹蔭底下抽菸，看到我，他笑了笑。

我坐到他身邊，靠著他肩膀，他抽著菸問：「很傷感？」

我不吭聲。他微笑著說：「我國三畢業看完榜單的時候，也是覺得心裡發空，我在學校走得比較近的同學成績都不好，只有我一個進了高中。」

「帶我去兜兜風。」

小波扔了菸，進去拿鑰匙和安全帽，我抱著他的腰，頭靠在他背上，聽著摩托車嘶吼在道路上。他的車速越來越快，似乎可以一直快下去。

很久後，車停了下來，我睜開眼睛，發現我們停在河邊。

他把安全帽摘掉，說：「過去坐一會兒。」

我們坐在河邊，小波凝視著河水，似乎在思索什麼。我撿了一根柳枝，一邊抽打著水面，一邊盡量放輕鬆口氣：「你打算明年去哪裡參加高考？」

他點了一根菸，慢慢地吸著：「考大學一直是我的夢想，或者說，做個知識分子，超越我的出身和成長環境是我的夢想，我雖然和別的流氓一樣喝酒抽菸打架，可我心裡認定自己和他們不一樣。烏賊和李哥結拜成兄弟時，學李哥往身上刺青，我堅決不肯，因為我認為自己將來會是大學生，不應該有這些不乾淨的東西。」

「你肯定能上大學的。」

「現在，我的想法變了，不想考大學了。烏賊的爸媽都是沒有固定收入的小生意人，他弟弟還在讀書。李哥的生意需要人，以前開第一個小賣鋪的時候，兄弟三人說要一起闖天下，如今雖然只剩兩個，這個天下仍然要闖。」他唇邊的笑忽然加深了，彈了彈菸灰說，「眼前有太多事情要做，實在沒時間去讀四年大學。」

我盡量平靜地說：「不讀就不讀了，當個大學生又不是多稀罕的事情。」

這話違心得我自己都覺得假，那是九〇年代，大學還沒有擴招，十分難考，大學生還是非常金貴、非常受人尊敬的，可不像現在，大學生和大白菜一樣論斤賣。

「妳知道人為什麼很難超越自己身處的環境嗎？不見得是他不努力，而是人有七情六欲，注定要被周圍的人和環境影響，所以古代的人說『孟母三遷』，現代的人說『跟著好人學好人，跟著壞人學壞人』。」

我忙說：「如果不上大學就是壞人，那這世界上的壞人可真太多了。」

小波笑著把菸扔到河水裡，拖著我站起，上了摩托車。

騎了一會兒後，他把車停在一個賣玩具的小鋪子前，牽著我走了進去，裡面的人看到他立即笑臉相迎：「小波哥怎麼今天有空來？」

小波笑著說：「阿健，想找你幫我繪個紋身。」

阿健笑著說：「沒問題。」

他轉身去裡面拿了一個圖冊出來，放在櫃檯上，一頁頁翻給小波看，一邊翻一邊介紹：「小波哥想要什麼圖案，猛獸還是猛禽？」

小波翻了幾頁，好似都不太滿意，看著我：「琦琦，妳幫我繪一個。」

我心裡難受得翻江倒海，他在用這種姿態和過去的自己訣別，用一輩子不能剝離的紋身時刻提醒自己的身分。

「為什麼非要紋身？都不好看。再說，我學畫畫有一搭沒一搭的，除了荷花畫得還能看，別的都不好。」

小波微笑著說：「我肯定會要一個。琦琦，不管妳畫得好不好看，我只想要妳幫我繪。」

我終於沉默地點了點頭，他笑著對阿健說：「等我們繪好圖案了再找你，我想在自己店裡紋，回頭你準備好工具過來。」

阿健自然滿口答應。

在小波的一再催促下，我磨磨蹭蹭地動筆了。考慮到小波屬龍，我費了三天時間，結合中國的龍圖騰和西方的火龍，畫了一條長著翅膀的飛龍，在浩瀚天空騰雲駕霧，翅膀卻被一把劍釘住，龍周圍的雲霧全被染成了血紅色。

阿健看到圖案，謹慎地說：「圖案很大，恐怕要分很多次紋完，要不然身體受不了。」

小波趴在折疊床上，說：「我不著急，你慢慢來。」

我坐在一邊的沙發上，盯著阿健在他乾淨的背部刺下了第一筆。

我想走，小波卻叫住了我：「琦琦，陪著我。」

我走了回去，搬了一張小板凳，坐在他跟前，問：「疼嗎？」

「一點點。」

我握住了他的手，他閉上眼睛。我沉默地看著圖案在他背部逐漸成形。

我繪製圖案的時候，小波一直很著急地催，似乎恨不得立即把紋身刺好，可等到真正繪製的時候，他卻一點兒都不著急，有時候，明明還可以多繪一點兒，他都讓阿健收工，明天再繼續。

因為他給的報酬很優厚，按天付費，阿健也樂得多繪幾天，可是就算再慢，一個月後，也全部紋完了。

阿健望著小波背部的斷翅飛龍很有成就感：「我從十六歲就替人紋身，這幅是到現在，我做得最好的紋身。」

小波問我：「琦琦，妳覺得如何？」

「很好。」

男生畢竟和女生不同，阿健也許沒有正式學過繪畫，可他有天賦，龍經過他的再創造，添了幾分睥睨天下的豪情，那滴血的翅膀卻又分外猙獰。

阿健期待地問小波：「要不要找面大鏡子看一下。」

小波起身，一面穿衣服，一面說：「以後有的是時間慢慢看。」

他帶了我去吃羊肉串，等吃完羊肉串，已是夕陽西斜。

我們漫步在林蔭道上，他突然說：「琦琦，我們絕交吧。」

我懷疑我的耳朵聽錯了，驚訝地看著他，他微笑著說：「我們絕交，以後不再是朋友，也別再來往了。」

夕陽映得四周都透著紅光，空氣中有甜膩的花香，他的笑容很平靜溫和，一切都如以往我們一起度過的無數個夏日傍晚。

我笑著打了他一下：「神經病！」

他笑著張開手：「要不要最後擁抱一下？」

我笑著說：「原來是製造藉口，想占我便宜啊？才不給你抱！」

他沒允許我拒絕，一把把我抱進了懷裡，緊緊地摟住，我笑著也抱住了他，心裡默默說：「一切都會好起來的，一切都會好起來的。」

很久很久後，他放開了我，笑咪咪地說：「送妳回家吧。」

我笑著打了他一拳：「下次發神經想個好點兒的藉口。」

兩個人嘻嘻哈哈地走著，依舊如往常一樣，距離我家還有一段距離，他就站住了。

我向他揮手：「明天我再去找你。」

他立在夕陽中，凝視著我，安靜地笑著。

我快步跑著向前，到樓前要轉彎時，又回身向他揮了揮手，看不見他的表情，只看見滿天晚霞映紅天空，他頎長的身子沐浴在橙紅光芒中。

第二天，我去歌廳找小波，歌廳裡的人告訴我：「小波哥不再管理歌廳，他要管別的生意。」

「那他現在在哪裡？」

「不知道。」

我不相信地盯著他，他抱歉地說：「小波哥要我們轉告妳，他不想再見妳，請妳以後不要再來了，以後所有小波哥的生意場子都不會允許妳進入。」

我大聲質問：「你有沒有搞錯？我是羅琦琦！」

他只是同情地看著我，目光一如以往看著突然被男朋友甩掉，卻仍不肯接受現實的女人，我的自尊心受到傷害，轉身就走。

走著走著，昨天的一幕幕重播在眼前，我突然身子開始發抖，蹲在地上。

小波不是開玩笑！他是真的要和我絕交！

可是為什麼？我做錯什麼了？

我騎上自行車趕往「在水一方」，看門的人見到我，直接往外轟，我強行想進入，被他們推到了地上，還警告我如果再想闖進去，他們就會通知我的父母和學校。

來往的人都看著我，我的眼淚直在眼眶裡打轉，卻強忍著站起來，躲到一邊，坐在地上靜等。

天快黑時，看到了一輛熟悉的摩托車接近，我立即跑過去。有人攔住我，我大叫：「許小波，你把話說清楚，我究竟哪裡得罪了你？」

小波頭都沒有回，把摩托車交給小弟去停，自己一邊摘安全帽，一邊走進了舞廳。

霓虹閃爍中，我終於沒忍住，淚水開始嘩嘩地掉。

李哥的車停在一旁，他搖下了車窗，對著把我往外推的人吩咐：「你們先讓開。」

我淚眼朦朧地看著他，他說：「琦琦，以後不要再來找我們了，小波的性格妳很瞭解，他一旦下定決心，就是九頭牛都拉不回來。以後凡是我們的生意場子，都不會允許妳進入，所有的兄弟都得遵守命令。」

李哥開始關窗戶，打手勢讓司機開車，我大哭著問：「為什麼？」

「琦琦，妳和我們不是一個道上的人，妳有自己的路要走。」

車窗闔上，李哥的車開走了。

我不停地哭著。

我和你們不是一個道上的人？那我和誰是一個道上的人？

我七歲搬到這個城市，九歲認識你們，如今六年過去了，幾乎這個城市所有的地方都是小波騎著自行車帶著我去的，幾乎這個城市所有的記憶都和你們有關，你們現在告訴我，我和你們不是一個道上的人？

那天過後，我沒有再去找過小波，因為我知道，他說了絕交就是絕交，我即使哭死在他眼前，他也不會再看我一眼，就如當年在池塘邊，他背誦英語時，不管我怎麼鬧騰，他說不理會我，就絕對不會理會我。

和小波絕交後，我突然變成了一個沒有朋友、無處可去的人。

妹妹天天在家裡練習電子琴，我嫌她吵，她嫌我待在家裡妨礙到她。我請她關上門練琴，她不耐煩地說：「夏天很熱，再關上門不就要悶死？妳怎麼不出去找朋友玩？」

原來，我常常不在家，這個家也早已經習慣了我的不存在，我只能穿上鞋出門。

我用零用錢，買了一包劣質菸，坐在河邊抽。

河水和以前一模一樣，可一切都變了。

酷熱寂靜的夏日，我坐在大太陽底下，一支菸一支菸慢慢地抽著，想起一年前，我還和曉菲一起窩在沙發上，嘰嘰咕咕地暢談著未來，討論著究竟是清華好，還是北大好；我還和小波每天早晨去荷塘邊背誦英文，一起溫習功課。

如今想起來，有一種遙遠的不真實的感覺，可是，竟然只是一年的時光，為什麼短短一年，整個世界就面目全非？

想到還有漫長的高中三年，我突然覺得很累，開始真正理解林嵐讀中專的決定——只是疲倦、無力支撐了，所以想趕快結束，給自己一個結果。

我在河邊坐了一天又一天，抽了一包又一包的菸，拿定了主意。

晚上，吃過晚飯，我和爸爸媽媽說：「你們先別出去跳舞，等我洗完碗，我想和你們商量一件事情。」

我的鄭重讓爸爸媽媽也都嚴肅起來，他們都在沙發上坐好，有些緊張地問：「什麼事情？妳直接說吧，碗筷先放廚房裡。」

我說：「我不想讀高中了。」

爸爸面色立變，媽媽壓住他的胳膊，暗示他別著急，沉靜地看著我問：「為什麼？」

「沒有為什麼，我就是不想再讀書了，我想早點兒工作，我可以去考技校，我肯定能考上，兩年後就能工作了。」

爸爸面色鐵青：「我們家雖然不富裕，可也沒指望妳去賺錢養家，不管妳想不想讀，妳都必須要讀高中。」

我淡淡地說：「你們硬要讓我上高中，我也只能上，誰叫你們是父母，我是女兒，不得不聽你們的。可如果讓我現在去考技校，我還能考個好的專業科系，如果你們不同意，再過幾年，我說不定連技校都考不上。」

爸爸猛地站起來，大掌掄了過來，媽媽忙抱住他，把他往外推：「你先出去，我和琦琦單獨說一會兒話。」

媽媽坐到了我對面，我沉默地看著她，冷漠地想她不可能有任何辦法讓我改變主意。

她想了好久，才開始說話：「我知道妳心裡一直在怨恨我們把妳送到外公身邊，也一直覺得我們偏心，對妹妹更好。可妳們都是我生的，手心手背都是肉，我和妳爸爸心裡頭對妳們是一樣的，只不過妹妹更活潑一些，喜歡說話，所以我們自然和她的交流更多。

妳總是沉默，什麼都不肯告訴我們，所以我們和妳的交流自然就少了。妳自己想想，媽媽有沒有說錯？每天一起吃飯時，妹妹總會把學校裡發生的事情都告訴我們，妳卻什麼都不說，我們問妳，想和妳交流，妳一句『沒什麼』就敷衍過去。」

我沉默著，心想，難道我生下來就是沉默古怪的性格嗎？

「其實，我和妳爸爸為妳操的心一點兒不比妳妹妹少，妳妹妹做錯了事情，我們直接罵她，她大哭一場，隔天又是爸爸、爸爸地叫，從來不會和我們生分。可是妳呢？性子又倔又強，說多了怕妳逆反，不說妳又不放心。」媽媽說著眼圈紅了。

其實，道理我都懂，他們不是不愛我，若真不愛我，直接讓我上技校，又省心又省錢，何必吃力不討好地逼我上高中？只不過到了具體的小事上，會無意識地有了偏向，可天底下沒有父母會承認自己偏心，他們覺得那些都是無關緊要的瑣事，卻不知道孩子的世界本就是由無數瑣事串成。

「妳的外公、外婆都出身大家族，外婆上過洋學堂，會講英文，外公是很有名氣的工程師，可他們的兩個女兒，都沒有接受過高等教育。我是因為繼父不肯出教育費，妳姨媽則是因為和繼母不和，趁著妳外公去外地視察工程，自個兒把戶口本偷出去找工作，這都是妳外公一輩子的痛。

妳聽聽我和妳姨媽的名字，就應該知道妳外公對兩個女兒寄予了厚望，可我們都讓他失望了。他把願望放在妳身上，臨去世前，特意給妳留了兩萬多塊錢，說是給妳的大學學費，囑咐我一定要培養妳上大學，還說如果妳上了大學，一定要記得去他墳前看他。」

很多年沒人和我談外公了，我的眼淚不受控制地一顆又一顆地掉下來。

「兩萬多塊錢就是現在也不是一筆小數目，何況是幾年前？妳後外婆趁著妳外公病重，把家裡的存摺全部偷走藏了起來。外公這一輩子過得很坎坷，我和妳姨媽不想他臨去世仍要目睹親人爭遺產，所以就哄著他說錢都已經拿到了。妳外公去世後，妳姨媽連原本該她繼承的一半房產都宣布放棄了，只要了妳外公的圖稿和藏書，我就只拿了他抄寫的《倚天屠龍記》。」

媽媽說到了傷心處，也開始哭，「妳也別記恨妳後外婆，她沒有兒女，所以抓錢抓得很牢，我和妳姨媽都不怨她。我和你爸爸雖沒多少錢，可只要妳讀得上，我們就是砸鍋賣鐵都會供應妳，妳只要記住外公對妳的心意就行了。」

媽媽擦乾了眼淚，說：「雖然妳外公很希望妳讀大學，但是我不想逼妳，妳今年也不小，十五歲的人了，在妳這個年齡，我早已經進入工廠上班，工齡都一年了，而妳爸爸在鐵路上幫人卸煤給自己掙學費。

我相信妳應該能自己思考、做決定了。如果妳還是決定去考技校，我會說服妳爸爸，同意妳去讀技校，將來到了妳外公墳頭，我會給他解釋清楚，是我這個做媽的無能，是我讓他失望了，和妳沒關係。」

媽媽泣不成聲，我也哭得上氣不接下氣。

媽媽等情緒平復了一些後，說：「給妳三天時間考慮，考慮清楚後再給我們答案。」

我回了自己的臥室，抱著《倚天屠龍記》躺到床上，眼淚仍然連綿不斷地流著。

想了一晚上，腦海裡都是外公的音容笑貌。

其實，我很明白媽媽的以退為進，她後面的幾句話完全是在激我，但那是外公的心願，是我唯一能盡孝的方式。

第二天早上，我走進爸爸媽媽的臥室，和他們說：「我決定去上高中。」

媽媽和爸爸都如釋重負地出了口氣，爸爸立即去抽屜裡拿了一支鋼筆給我：「這支筆很貴重，是特意留給妳的，我和妳媽媽商量過了，不管妳學成什麼樣子，只要妳自己認可自己就行了，我們不要求妳一定要考上大學。」

鋼筆上有兩行燙金的小字：學海無涯苦作舟，書山有路勤為徑。

我把鋼筆捏在手裡：「既然選擇了上高中，我一定會考上大學，但我有一個要求。」

「妳說。」

「我想按照自己的方式度過高中，請你們相信我，給我自由。」

爸爸看著媽媽，媽媽說：「沒問題，我們一直都相信妳。再說，我和妳爸爸本來就沒怎麼約束過妳，妳看這棟樓的鄰居，誰家管女孩像我們這麼管了?就是妳妹妹，我都不許她十點過後回家，可妳在外面玩到十一點，我們頂多就警告妳一下，妳爸爸心裡其實一直把妳當男孩養，不願拘著妳的性子。」

爸爸說：「我十三歲就開始半工半讀，靠著在火車站給人卸煤供自己讀完中學，我相信我的女兒有能力為自己負責。」

我點了點頭，轉身走出了他們的臥室，雖然心結已解開，可多年形成的隔閡疏離仍無法消融，我大概永不可能像妹妹那樣，摟著爸爸的脖子，趴在媽媽的懷裡撒嬌，但是……這就夠了。

河邊的柳樹楊樹鬱鬱蔥蔥，清晨的風涼爽濕潤，有草木的清香。

我坐在河邊，脫了鞋子，將腳泡進水裡。

閉上眼睛，所有的回憶似乎都在眼前。

五歲，離開外公，回到父母身邊。

六歲，上學，又休學。

七歲，在部隊的子弟學校借讀，認識了曉菲。

八歲，搬家到這個城市，見到了張駿。

九歲，頂撞趙老師，蹺課到電子遊樂場，遇見了小波。

十歲，和陳勁坐同桌，遇見了高老師。

十一歲，關荷轉學到我們班。

十二歲，我和曉菲重逢，遇見了曾紅老師。

……

我曾經以為這個世界給我的太少，可真靜下心來想，我得到的何嘗少過？

曉菲的爸爸一直打她媽媽，她面對的是一個暴力家庭；關荷的爸爸很早就死了，關荷寄人籬下，需要察言觀色地討好繼父和哥哥姐姐；小波的爸爸早死，媽媽精神失常，經濟一直很困窘；林嵐雖然父母都有，卻要面臨母親尷尬的婚變，替母親承受流言蜚語；陳松清如此用功地讀書，卻因為貧窮的家庭，不得不早早扛起家庭的重擔。

他們都堅強著、都微笑著，而我呢？

爸爸媽媽關係和睦，對我包容，還有一個那麼疼愛我的外公，雖然童年時代我缺失了來自父母的愛，卻擁有了和外公一起生活的寶貴記憶，妹妹永遠都不會知道我們的外公是一個多麼儒雅溫柔的長者，她擁有我沒有的，可我也擁有她沒有的。

小學時，我沒有同學，被全班孤立，可正因為被孤立，所以我認識了小波和烏賊他們，小波給予我的，就是一千個同學加起來都抵不上萬分之一。

我雖然碰見了可恨的趙老師，可也遇見了關愛我的高老師；雖然碰見了小氣的聚寶盆，可也遇見了豪爽的曾紅。

我有什麼理由去憤世嫉俗？又有什麼道理去自暴自棄呢？

我將所有未抽完的菸連著打火機全扔進了河裡，目送它們被河水帶走，昨日的一切從此斷絕！

我站了起來，準備迎接一個全新的開始，不僅僅是為自己，還有外公、父母、小波、曉菲、高老師、曾紅……人不只是為自己而活，還為了愛自己的人而活！

尾聲

未完成的時光

前一天晚上，羅琦琦睡得很晚，醒來時已經是中午。

吃過早飯兼中飯，羅琦琦決定先去一中看看。

叫了一輛計程車，二十多分鐘的車程就到了第一中學——她求學生活六年的學校。

一路上的變化很大，羅琦琦怎麼努力都無法分辨自己究竟在哪裡。可當計程車靠近學校時，她帶著幾分喜悅笑了。

學校竟然沒什麼變化，依舊是黑色的鐵柵欄門、白色的牌匾、燙金的黑色大字。兩側是花壇，種滿了花期漫長的薔薇科植物，能從春天一直開到秋天。

唯一的變化，大概就是校門前道路兩邊的樹木長得更高、更大了，濃蔭蔽日，讓人剛一下車，就感到一片陰涼。

和高中時一樣，上課時間大門不開，只開靠近傳達室的一個小門。傳達室裡坐著一個守門的警衛，只不過以前是個老頭，如今是個二十多歲的小夥子。

門口立著一個牌子，禁止閒雜人等進入，若是找人，必須在門口等候。

羅琦琦笑了笑，大大方方地走過去。

門衛站了起來，正想問她是誰，有什麼事，羅琦琦笑著和他點頭，又熟絡地問：「今天沒看報紙啊？」

門衛下意識地回答：「已經看完了。」

說著話，羅琦琦已經走入校園，向著老師辦公室的方向走去。

門衛看著她的背影，心裡把羅琦琦的容貌復習了一遍，暗想可要記住了，這個女老師挺和氣，別下次還把人家當陌生人盤問，如今工作不好找，不能隨便得罪人。

羅琦琦繞了路，拐回國中部的教學樓，繞著國中部走了一圈後坐到白楊林下的石凳上休息。隔著一條林蔭道，就是國中部的小運動場，有很多乒乓球桌。

這時正好下課，學生們像潮水一般從樓門湧出來，到處都是震耳欲聾的吵鬧聲，原本寂靜的校園剎那間就像換了一個世界。

樹林裡，有幾個男生在偷偷抽菸，樓房拐角處，一個男生正和一個女生手牽著手說話。

羅琦琦抿著嘴角微笑，十幾年前，她就是這群孩子中的一個。

笑過後，卻忍不住嘆息，時間過得好快啊！

幾個女生拿著雪糕，邊走邊吵，最漂亮的女生顯然最有勢力，其餘幾個全幫著她。從羅琦琦身邊走過時，她們都好奇地看了她幾眼，羅琦琦忽然很想告訴她們別吵了，好好相處，妳們所擁有的時間比妳們以為的要短得多。

十分鐘後，上課鈴響了，所有的學生又如潮水一般湧回教學樓，所有的吵鬧聲都消失了，只有風吹著白楊林，發出嘩嘩的聲音。

前方的乒乓球桌全部空著，她卻好似看見了一個穿著紅大衣的女孩子站在最中間的乒乓球桌上，戴著白色的針織帽子，鼻頭被凍得紅紅的。

當她還在這所學校時，怎麼都沒想到，有一天，自己會以充滿感情的目光，凝視這座校園……

第二部

楔子

被沉默埋葬的過去

年少的我們總是缺乏耐心，
不明白生命裡最不捨的那一頁，總是藏得最深。
非要經年之後，
驀然回首時才會懂得錯過的是什麼。
那一刻，唯有盈眶的熱淚，
祭奠著早已一去不再復返的青春。

羅琦琦看了一下錶，已經七點。

國中部都是通學生，不用上晚自習，學生已經全部離開。

她站了起來，穿過林蔭道，走到乒乓球桌旁。

水泥砌成的乒乓球桌應該曾有被妥善維護過，看不出陳舊的痕跡，至少在羅琦琦的記憶中，和她罰站時一模一樣。

她笑了笑，沿著乒乓球桌一側進了教學樓，是個拐彎口，左側應該是教室，右側則是老師的辦公室。

向右拐後，第一眼就看到英語組的牌子。羅琦琦站在窗戶邊，彎下身子往裡看，不知道聚寶盆是否還在教書。裡面拉著窗簾，黑漆漆的，什麼都看不清楚，她放棄了窺視，直接走過辦公室，到了教室。

教室倒是看得一清二楚，裡面全都變了。

她記得以前教室裡掛的是藍色布窗簾，現在換成了百葉窗。

以前沒有電扇，現在卻有兩個大大的吊扇。講臺一側，多了一臺大電視，大概是什麼多媒體教學的工具。課桌也全部換了，以前的課桌，桌肚的前面是敞開的，書包從前面塞進去，現在的課桌卻是桌面可以打開。

除此之外，大概學生人數少了，每張桌子都是分開擺放，沒有緊挨在一起的桌子。

羅琦琦笑嘆口氣，沒有同桌，可會喪失很多樂趣的。

她轉身從一班門前的大門走出去，以前這裡是一個有小池塘和小亭子的中國式小園林，現在卻全沒了，池塘被填掉，小亭子也被拆除，改成了一個圓盤形的花壇。

突然間，一首詩就那麼自然而然地湧上了心頭：

洛陽城東桃李花，飛來飛去落誰家？
洛陽女兒惜顏色，行逢落花長嘆息。
今年落花顏色改，明年花開復誰在？
已見松柏摧為薪，更聞桑田變成海。

古人無復洛城東，今人還對落花風。
年年歲歲花相似，歲歲年年人不同。

其實，不要說歲歲年年人不同，就連年年歲歲的花都早已經不同了。
她四處看著，已經分辨不出當年她曾站在哪裡和林嵐、李莘、倪卿聊天。不過，因為樓門的位置沒變，所以她還能大概判斷出她和曉菲曾在何處重逢。
閉上眼睛，好似就能看到一個戴著眼鏡、梳著馬尾巴的女孩，和一個長髮披肩的漂亮女孩面對面走著，擦肩而過時，她們的視線也交錯而過，腳步慢了下來，遲疑著回頭，剎那間，臉上綻放出最燦爛的笑容。
她們那麼快樂、那麼興奮，完全不知道，等待她們的命運是什麼。
羅琦琦猛地睜開眼睛，甩脫了過去的回憶。從另一個樓門，再次走進教學樓，直接上到三樓。走廊裡有說話聲和笑聲傳來，她有些意外，順著聲音走過去，四班的後門開著，透過玻璃窗，她看到裡面有三、四個學生正在做壁報。
凝視著他們年輕的容顏，她心頭有一陣陣的溫柔在湧動。
一個學生發現了她，頻頻回頭看她，引得別的學生也回頭看，羅琦琦索性走了進去，輕聲問：「我看一會兒你們的壁報，可以嗎？」
「妳是老師？」
「不是。」

幾個學生很是莫名其妙，彼此看了一眼，一個男生大大咧咧地說：「那妳看吧！」

她站在後門旁的牆壁邊，半靠著牆壁看著他們。目光中有太多眷戀，太多溫柔，幾個學生大概覺得她太奇怪，都一邊工作，一邊時不時地打量她一眼。

羅琦琦凝視了他們好一會兒，才去看他們做的壁報。

可是，她站的地方太靠近後方的黑板，角度又太偏，並不能清楚地看到後黑板上的壁報，只能清楚地看到站在黑板前做壁報的人。

她愣了愣，試著把桌子往前推，依舊看不清楚，當年的教室更擠，不可能再前了。她往中間輕輕走了幾步，發現越靠近中間，才是看壁報的最佳位置。

羅琦琦又輕輕走回剛才站立的地方，背慢慢地貼靠到牆壁上，從這個角度去看壁報，唯一能看清楚的就是在黑板前忙碌的男生和女生，她凝視著他們，眼淚慢慢地滲到眼眶裡。

原來……原來是這樣的。

她不敢再看，匆匆離去：「謝謝你們了。把圖畫的水粉顏色換深一點兒看看效果，現在是傍晚，老師給壁報評分時都是白天，太陽光最明亮的時候。」

男生和女生忙盯著自己的壁報看，戴眼鏡的瘦高個男生拍了一下桌子：「有道理啊！我們光顧著現在好看而已，謝謝妳……」等他們側頭，那個氣質特別的女子已經不見。

他們彼此詫異地看了一眼，很快就把這個小插曲丟到了腦後，又開始嘻嘻哈哈，邊說邊笑地做壁報。

羅琦琦在七班的門口默默站了一會兒後，從八班旁的樓梯下樓。

出校門時，門衛熱情地打招呼：「這麼晚才走啊？」

羅琦琦笑著說：「前兩天有點兒事，沒來得及改卷子，明天就要發試卷，所以趕緊改出來。」

說著話，她走出了校門。

招手攔了一輛計程車，司機問：「去哪裡？」

她想了想說：「我想吃羊肉串，可是對這附近不熟，您知道哪裡有賣烤羊肉串？不是飯館，就那種小攤子。」

司機笑著答應了一聲，帶著她去找羊肉串攤。

羅琦琦點了一瓶啤酒，三十串羊肉串，囑咐攤主其中十五串要多加辣椒，多加再多加！

沾滿辣椒的羊肉串剛一入口，她就被辣得猛咳嗽，可她卻一口羊肉串，一口啤酒地吃著，眼淚慢慢地湧出眼眶。

攤主好笑地給她拿紙巾，羅琦琦一邊擦眼淚一邊說：「太辣了，把眼淚都辣了出來！」

吃完羊肉串，她就回到旅館休息。

晚上並沒有睡好，思緒仍然縈繞在過去，那些年輕的歡笑和哭泣在耳邊不停地響著，讓她即使在夢裡都在不停地嘆息。

第二天早上十點起來，洗漱過後，用過早飯，她上了計程車。

司機問：「去哪裡？」

她說：「第一中學。」

二十多分鐘後，她站在了一中高中部的教學樓前。

Chapter 27

高一的開始

曾經，我最愛的影星是布萊德．彼特，無關乎他的演技，只因他那英俊的面孔、完美的身材、不羈的氣質，在一段段光影中蠱惑了我。

如今，我最愛的影星是凱特．溫斯蕾，無關乎她的演技，只因在為美瘋狂的演藝圈，她坦然地說自己肚子有贅肉，坦然地說她的乳房因為哺乳過孩子會下垂，她從容自信地愛著不完美的自己。

如何從容自信地愛不完美的自己，是一門比如何愛別人更深奧的學問。

高一新生的分班名單下來，一共九個班，每班五十個人左右。關荷和張駿分到了四班，我分到了五班，和沈遠哲、童雲珠同班。

我們班的班長自然是沈遠哲，文藝委員自然是童雲珠；四班的學習委員是關荷，班長竟然是……張駿。

我聽到這個消息的時候，先是愣了一愣，再一想又覺得合理。

張駿的留校察看處分在中考前就取消了，他的中考成績不錯，又有過做班長的經驗，選他當班長挺正常。

一中對高中和國中的重視程度完全不一樣，高中部光教學樓就有三棟，每棟四層，每層有三個教室，每個年級一棟樓，因為高一只有九個班，所以四樓完全空著。

四班和五班都在二樓，意味著我和張駿的班級不但處於一個樓層，而且只隔了一堵牆。

我說不清楚距離他這麼近有什麼感覺，一方面有不受理智控制的暗喜，另一方面卻又想遠遠地躲開。

一中的高中生有點兒複雜，因為是省裡的升學名校，教學品質聲名在外，所以除了我們這些正常考上的學生外，還有一部分特招生。

特招生是一個很特殊的族群，有的人是家裡非常有錢，完全用錢砸進了一中；有的人是因為非常有權，直接一通電話，校長就不得不接收進來。還有一部分是因為有特殊技能，比如舞蹈、歌唱、體育，他們能為一中在全省爭得榮譽，被一中破格錄取，所以，名校高中的學生並不都是成績好的學生。

四班是全年級師資配備最強大的班級，幾個靠權進來的「高幹」都在四班，最引人注目的是副省長的獨生子，因為姓賈，大家直接贈送外號賈公子。

他算是不學無術，卻不是紈褲子弟，聽說他父親很嚴厲，所以他十分規矩，從不惹是生非，對老師也很恭敬，就是成績怎麼念都念不好。

我們五班則是年級中的差等班，有點兒爹不親娘不愛的樣子。根據同學們的小道消息，老師都不好，數學老師是全高中出了名的邋遢鬼；英語老師是分配來的女大學生，講課還會臉紅；物理老師是一個胖胖的男人，邏輯很混亂，講題能把自己給講暈；班導師竟是公民老師，一個說話慢悠悠的白面書生。

幸虧班長還拿得出手，沈遠哲可是一中國中部歷史以來最有威望的學生會會長。按道理來說，這個班長應該做得順風順水，可結果並非如此。

一中高中部有一個很傳統的派系鬥爭，就是所謂的老一中生和新一中生矛盾。老一中生就是如我、沈遠哲、童雲珠、張駿、關荷這樣的，從國中就是一中的學生，新一中生則是從別的國中考進來的學生。

一中的國中部不招收住校生，所以老一中生的家都在一中附近，算是市裡人，對市區熟悉；又因為我們已經在一中三年，對學校老師都熟悉，尤其像沈遠哲這樣的，校長和老師都認識他們，自然而然凡事會多找他們，而我們也因為彼此認識，甚至原本就曾是一個班的，所以很容易走近。

這一切落在新一中生的眼裡，就變成了老一中生結黨，有自己的小圈子，老師也偏心老一中生，他們很難融入。

尤其是住校生，大概因為家不在市內，遠離了父母，彼此又朝夕相處，他們十分團結，很排斥我們這些老一中生，總是處處刁難。之後，莫名其妙地一屆屆積累下來，新老一中生的矛盾竟然變成了高中部的傳統矛盾。

沈遠哲就陷入了這個矛盾中，新一中生很不服他，彼此合作為難他，他們的人數又絕對性地壓倒我們，沈遠哲的班長做得頗為艱難。

我們班還有幾個靠錢砸進來的學生，錢有多多，人就有多憊懶。

尤其一個叫馬力的男生，簡直壞到了下流。開學第一天，他就把小鏡子貼在自己的鞋尖上，舉手問英語老師問題，等年輕的英語老師走到他身邊為他細心地講問題時，他把腳探到老師的裙子下，看人家的內褲。看完了，告訴全班男生，嚇得第二天坐他周圍的女生都不敢穿裙子，而穿裙子的女生都避他三尺遠。

上自習課時，他裝作有事要問前面的女生，故意用手去推女生的後背，然後像發現新大陸一樣，摸著女生的胸罩帶子，故作驚訝地問：「這是什麼？妳為什麼身上綁一根帶子？好奇怪哦！」還故意對周圍的男生問，「真的好奇怪，她怎麼身上綁著帶子？」

女學生羞得眼淚直在眼眶裡轉，跑去找班導師換座位。

班導師問原因，她不好意思說，只是掉眼淚。老師換了，結果換了一個女生，又被馬力弄得漲紅著臉哭。

沈遠哲很頭痛，他總不能跑去告訴英語老師「妳已經走光了」，也不可能告訴班導師「馬力摸女生的後背」。

高中生算是半大人，早已過了崇拜老師的年紀，不僅不崇拜，反以蔑視老師、挑戰權威為榮。同學糾紛中，向老師告狀是大忌，沈遠哲如果這麼做，也許會收到暫時的效果，卻肯定會失去同學們的信任，甚至被所有男生瞧不起，因此寧可無作為，也不可選擇這個下下策。沈遠哲只能先按兵不動，安排一個男生坐到了馬力前面去，可馬力自然有層出不窮的下流花招，反正三天兩頭，班裡就有女生紅著臉掉眼淚。

我欠沈遠哲一個恩惠，再加上實在有些看不慣馬力，所以決定多事一把，主動要求和馬力前面的男生換座位，坐到了馬力前面。

全班女生都驚異地看我，對我的行為完全不能理解。

上晚自習的時候，馬力先用腳來探我的腳，我不動聲色，用腳把早放在桌子底下的圓規勾了出來，腳跟踩著一頭，讓有針的一頭翹著，馬力蹭著蹭著，突然悶著聲音哼了一聲，迅速把腳收了回去。我笑了笑，繼續看物理課本。

過了一會兒，他的手又開始推我，一邊推我，一邊在我背上摸著，我闔上正在看的物理課本，把書拿在手裡，笑咪咪地回頭。

他嬉皮笑臉地看著我，剛想張口說話，我一本書就搧在他的臉上。

「啪」的一聲脆響，打碎了自習課的寧靜，全班都抬頭盯向我們，馬力也澈底被我打愣住。

我卻不肯善罷甘休，仍舊劈頭蓋臉地打過去，邊打邊質問：「你在幹什麼？你在幹什麼……」

馬力反應過來後，拳頭一揮想動手，沈遠哲趕緊站了起來，我說：「你們誰都不用幫我，有理行遍天下！他若敢動手，我們今天就到校長面前去把話講清楚，我倒想替所有的家長問問校長，他是覺得錢重要，還是一中的聲譽重要，看看家長們肯不肯讓這個人渣和自己的孩子在一起？」

不讓沈遠哲幫我，還有另一層考慮，我是女生，即使和馬力打起來，新一中的男生也不好意思出手，可如果沈遠哲摻和進來，就很有可能演變成新一中生和老一中生打群架，到時候，明明占理的是我們，因為打群架，有理也會變得沒理了。

馬力握著拳頭不動，我盯著他說：「別以為女生是真怕你，大家只是不好意思像你一樣下流，不過，我臉皮是出了名的厚，你既然能做，我就什麼都敢說，要不要我們現在就去見校長？」我逼到他眼前，「打不打？不打我可回去看書了！」

馬力根得眼睛都發紅了，卻根本不敢動手。

我拿著物理課本在手裡拍了拍：「如果你以後還敢欺負女生，我見一次打一次，別怪我沒提醒你。」說完，轉身坐下，翻開課本繼續看。

馬力也坐回了自己的座位，頭貼著課桌，幾乎看不到臉，不知道是在看書，還是在發呆。全班鴉雀無聲，一整節晚自習，都處於低氣壓中。

晚自習結束後，我開始收拾書包，男生女生經過我課桌時，都會貌似不經意地瞥我一眼。自從開學，我一直不引人注意地坐在班級的某個角落，大部分同學應該還沒記住我的名字，可今天晚上，我把自己扔到了眾人的視線底下。

剛走出教室，沈遠哲從後面追上來：「羅琦琦。」

我回頭：「什麼事？」

「沒什麼，就是想和妳打個招呼，雖然早就聽說過妳，可開學後我們還沒說過話，都不算真正認識。」

我不禁微笑，誰說我們沒有說過話？

剛走到四班門口，就看到張駿和關荷正有說有笑地向外走。

這是在心裡上演過千百遍，卻永遠沒有準備充分的畫面，我的心猛地痛了一下，加快了步伐。

關荷卻在身後叫：「羅琦琦！琦琦……」

想裝沒聽見，可沈遠哲已經停了腳步，回頭看了一眼，笑著說：「關荷在叫妳。」

我裝作剛知道，笑容燦爛地回頭，張駿笑著和沈遠哲打招呼，對我卻視而不見，我自然也完全無視他。

關荷親切地問：「怎麼樣？喜歡新班級嗎？」

我笑得都快滴出蜜來：「很喜歡，妳呢？」

四個人邊走邊說，遠離了教學樓，剛走到林蔭道上，身後有人追了上來，是一個住校的新一中生，雖然是男生，卻長得有些女孩子氣，所以被取了外號叫「秀秀」。

沈遠哲笑問他：「有事嗎？」

秀秀看著我說：「妳小心一點兒，晚自習結束後最好不要一個人回家，馬力揚言說他剛才只是不想在學校裡面動手，他會在外面修理妳。」

沈遠哲有幾分意外，我卻笑了，看來人都有善惡準則，我們班新老一中生的壁壘已經不是那麼分明了。

秀秀著急地說：「我是說真的！我走了，妳自己小心一點兒。」說完，轉身抄近路回宿舍了。

關荷驚訝地問：「琦琦，怎麼了？有麻煩嗎？」

我吊兒郎當，一副無所謂地說：「自習課上和一個男生打了一架，沒什麼大不了。」

關荷的眼睛瞪得老大，滿是驚訝，我不敢去看張駿的表情，心裡有一種麻木的悲傷。

我一直羨慕關荷的高雅風姿，甚至暗暗模仿她的一舉一動，一言一行，可如今真正明白，我永遠不可能變成她。

到了校門口，沈遠哲說：「我送妳回家。」

我溫和卻直接地拒絕：「不用。」

關荷溫柔地勸我：「讓沈遠哲陪妳走一程吧，不怕一萬，就怕萬一。」

我實在不想再和她糾結，主要是不想再見張駿，立即改口：「好的。」

等我和沈遠哲遠離了他們，走到路口時，我和沈遠哲說：「我突然想起今天晚上還有些事情要做，想一個人走。」

我的態度很堅決，沈遠哲沒有辦法，只能叮囑我盡快回家，盡量揀人多的路走，如果有事，就大聲叫，千萬別怕他們。

我笑著答應了，如果我是怕事的人，壓根兒就不會招惹馬力。

兩人在路口揮手道別，我提著書包，大步跨入了夜色中。

從一中回家有兩條路，一條雖然遠一些，但很熱鬧，周圍有林立的店鋪，還會經過夜市，以前我都是騎自行車從那條路回家，如今我開始選擇另外一條比較近的路，也放棄了騎自行車。

這條路全是小路，一邊是居民住宅樓，一邊是綠化林，十分冷清，現在又已經十點多，路上似乎只有我。

我一邊走，一邊仰頭望著天空的星星，一邊腦海裡反覆推演著今天的一道物理題，答案已經知道，只是想更清晰地理解整個思路過程，並把所有的相關知識在腦海裡再總結溫習一遍，這就是我想一個人做的事情。

二十多分鐘的回家路，足夠我把一道題目反覆地研究透澈。

雖然沈遠哲是很多女生暗戀的白馬王子，能被他送回家很榮幸，但是，自從我決定上高中的那天起，我的唯一目標就是高考。

快到家門口時，卻忽然覺得身後有人，猛地回頭，什麼都沒有。我搖搖頭，馬力即使要叫人，也需要時間啊。

回家後，先吃了個蘋果，又強迫自己吃了兩個最討厭的核桃，誰叫它難吃卻對記憶力有幫助呢？身體是戰鬥的資本，沒有營養充足的大腦，根本不用談學習。

洗完臉後，一邊泡腳，一邊拿著英語書背誦單字，只有十分鐘左右的時間，不長，但是只要堅持，即使每天只背兩個單字，一年下來也有六百多個單字了。

洗完腳後，上床好好睡覺。

馬力的事情根本不值得思考。其實，我巴不得他能請幾個真流氓出來，把事情鬧大，傳到小波耳朵裡去，我就不信他真對我不聞不問了。可惜，出來混的人有出來混的規矩，為了這麼點兒破事，哪個有頭有臉的流氓好意思出手呀？馬力花再多錢，頂多就是請幾個不成器的小混混來警告我一下，敢不敢搧我耳光都是問題。

第二天，馬力一直看著我笑，我也看著他笑。

晚上回家時，我總覺得好像有人在跟著我，全身戒備地等著應付馬力請來的小流氓，卻直到回到家，什麼都沒有發生，我暗笑自己疑心生暗鬼。

第三天早晨，馬力見到我時，目不轉睛地盯了我幾眼，似乎在觀察我有沒有被「警告」過，發現我笑容如常時，他笑得有些勉強。

每天晚上回家時，我都覺得身後有人，可不管是突然回頭去看，還是偷偷用餘光掃視，都沒有人，但是那種微妙的感覺卻揮之不去，我心裡竟然有了隱隱的期待。

終於，我忍不住了，走的時候，也不回頭，只是裝著什麼都已經知道的樣子，十分自信從容地說：「小波，你出來吧，我已經看到你了。」

我相信我能騙過任何人，可是，並沒有人回應我，回答我的只有清風吹過樹林的聲音。

數次之後，我開始明白的確是我多心了，哪裡有那麼多小說電影裡的場景呢？明白之後，我有些傷感，小波真的已經遠離了我的生活。

很快，一週過去了，一直都沒有人來找我麻煩，馬力不再提要教訓我的事情，開始在我們班做良民，當然，他還是會鬧騰，不過不再耍流氓。後來我們竟然混成了關係很好的鐵哥兒們，真是讓人感嘆此一時、彼一時，或者說不打不相識。

Chapter 28

回避衝突

不是所有的記憶都是美好的，不是所有的人都值得被記下，歲月的河流太漫長，大部分的人與事都會被無情地沖走，但是，與青春有關的一切，總會沉澱到河底，成為不可磨滅的美好回憶。

令我們念念不忘的，也許不是那些事和人，而是我們逝去的夢想和激情。

一中的傳統，每屆高一都會有為期三週的軍訓，往常都是一開學就進行，我們這屆恰好趕上當地駐軍部隊實行一項特殊訓練任務，所以推遲了兩個星期，等他們自己的訓練任務完成後，才來幫我們上軍訓。

學校對這三週的安排是：每天早上上課，下午接受軍訓，每個班一名教官，按照班級順序，在大操場上各自劃分一塊地方進行訓練。

九月的太陽很毒辣，我們卻在大太陽底下又是走又是跑又是站，人人都盼著休息時間能到樹蔭底下坐一會兒。

操場上沒幾塊陰涼寶地，幸運的是靠近我們班的地方恰好有一塊，按照就近原則，自然歸我們班使用，其他班即使羨慕也只能看著。

沒想到第二天休息時，教官剛宣布解散，四班的宋鵬就領著一群男生衝到我們的陰涼寶地，霸占了我們的地盤。宋鵬是臭名遠播的小混混，他大哥是本市頗有點兒名氣的宋傑。

我們班的男生很不甘心，可都聽說過宋鵬的惡名，何況地盤上又沒有寫著我們班的名字，只能到別的地方休息。

訓練十分辛苦，我被曬得差點兒中暑，一解散就衝去喝食堂熬給我們的綠豆水，因為狠多水少，兩個水桶前人頭鑽動。

張駿從人群中艱難擠出，手裡拿著兩個塑膠杯子，我知道我不該去探究答案，某些時候不知道比知道幸福，但是，我無法控制自己的視線，所以，我看見了亭亭玉立站在一邊的關荷，微笑著從張駿手裡接過杯子。

我立即轉開了視線，握著自己的玻璃瓶衝進人群。

經過汗流浹背的衝鋒陷陣，不但自己裝了一瓶綠豆水，還幫晚到的沈遠哲搶了一杯。

沈遠哲看到前面的張駿和關荷，叫住了張駿，關荷笑著和我打招呼，我只能一邊喝著綠豆水，一邊興高采烈地和關荷說話，似乎不如此，就無法表達自己的不在意。

等回到我們班的休息地時，發現風水寶地已經被四班的男生占走了，我們班的新一中生故意對沈遠哲叫嚷：「沈大班長，你可要為我們出頭作主啊！」

宋鵬卻領著四班的新一中生對張駿說：「班長，要靠你為我們撐腰了。」

幾個同學和沈遠哲說著目前的情形，張駿也在旁邊聽著。

我們班的男生和四班的男生仍在一旁怪聲怪氣地叫嚷，沈遠哲皺起了眉頭，張駿卻笑起來，喝著綠豆水，和關荷說著話，好似完全與己無關。

沈遠哲想做學生會主席，肯定不願意出任何事情，張駿沒有欲求，不著急立功，又知道沈遠哲一定會想辦法，自然就樂得清閒。

我實在很累，只知道休息時間有限，沒精神聽他們叫囂，直接走過去，擠進一堆男生中，找了一個最陰涼，也就是最中間的地方，一屁股坐了下去，坐下去的時候，嘴裡還嚷著「讓一下了，讓一下了」，硬是逼得兩個男生往旁邊挪了挪，給我讓了塊地方。

這會兒，不管是我們班的男生，還是四班的男生都不叫嚷了，全沉默地看著橫道殺出的我。

一群男生中間擠著一個我，他們神色怪異，我喝著綠豆水，表情很無辜，你們繼續聊呀，我只是坐這裡嘛，難道你們能坐，我不能坐？

起先正在說話的宋鵬清了清嗓子，想無視我，可看看我，發現有點兒困難。他面色嚴肅，以一種銳利的眼神盯著我，他大概以為是個人就該聽說過他的惡名，何況他是男生，我是女生，我肯定受不了，會主動撤退。

在他的影響下，以我為圓心，所有男生都向我發射目光射線，凝視著我，在我過去十幾年的生命中，全部男生的凝視加起來都不如這一會兒得到的多。

我雙手捧著綠豆水，乖乖地坐著，笑咪咪地回視著宋鵬的凝視，臉上一絲紅暈都沒有。

我會害羞？

當年我站乒乓球桌，接受全校學生瞻仰的時候，他還不知道在哪裡偷看小女生呢。

宋鵬的性格大概也是比較倔強偏激的，所以，當我未如他預料的一樣紅著臉閃避開他的視線，他就和我槓上了，我們倆都盯著對方看。

如果這個時候用動畫鏡頭捕捉，一定能看到我們的目光像電光衝擊一樣，劈哩啪啦地冒著火星。不過，火星都是他的，我可一點兒沒動怒，平靜著呢！

我和宋鵬「深情」對視很久後，宋鵬終於對我臉皮的厚度有了清楚的認識，倒也收放自如，忽然之間就沒事人一樣，拍拍屁股站起來，帶著挑釁笑著說：「今天已經休息夠了，明天再來。」

他一走，別的男生也都走了，只有張駿、關荷、沈遠哲站在一旁，我這才意識到剛才的一幕絲毫不落地被張駿看到了，視線悄悄從他臉上一瞥而過，只見他滿眼笑意，卻猜不透究竟在笑什麼。

我們班的同學陸續回來乘涼，童雲珠走到張駿身邊，打了個招呼，又對我笑著說：「妳可真夠衝的！這才開學兩週，妳就先挑馬力，再挑宋鵬，難度係數越來越高。」

一個我還沒記住名字的女同學善意地提醒我：「宋鵬上國中時，就叫一幫混混把體育老師揍了一頓，連我們的訓導主任都不敢管他的事情。」

男生們卻一致支持我：「就他會打架啊？就他在外面有哥兒們啊？羅琦琦，妳別怕！」

面對外敵，男生們竟然忽略了新老之爭，空前團結，摩拳擦掌地隨時準備開打。

沈遠哲卻不想打群架，把張駿叫到一邊，低聲商量著。

第二天訓練前，訓導主任把所有班級召集到一起，發布命令。根據沈遠哲和張駿的建議，為了方便食堂師傅供應綠豆水和讓同學們充分休息，以後的自由休息時間將分成三組，錯開休息。我們班恰好和四班錯開休息，自然不用再搶地盤。

一個很簡單的方法，卻把所有問題都解決了。我想，那些新一中生，即使口頭上不服氣這個解決方法，心裡卻不得不承認這是最好的方法。

●◎●◎●◎●

軍訓內容分為站軍姿、踢正步、打軍體拳。

軍姿和跑步都還好，但是踢正步，卻把我澈底難住。我平常走路挺正常，可教官一吼「正步走」，我就開始同手同腳，剛開始混在全班的隊伍裡還看不出來，等四個人一組開始練習時，就被教官逮了出來，不管他怎麼糾正，我就是同手同腳。

教官只能給我開小灶。

所謂小灶，就是被單獨叫出來練習。

我們的練習時間，正好是四班的休息時間，而他們的休息地就在我們班前面，所以，四班的所有同學都可以看到我昂首挺胸、同手同腳地踢正步，其中包括張駿和關荷，以及宋鵬。

宋鵬自從和我結下樑子就對我比較關注，碰到這樣好的報復機會，自然不會錯過，把我踢正步當搞笑片看，一邊看，一邊點評鼓掌，引得四班的男生跟著他一塊兒哈哈笑。

我以超厚的臉皮，秉持一貫的原則，越是丟人難受，咱越要笑得沒心沒肺，宋鵬笑，我陪著他一塊笑，搞得宋鵬後來完全沒了脾氣。

輪到我們班休息時，我的另一位「仇人」馬力跑到大家面前，學我同手同腳地踢正步，本意是譏嘲我，可因為我完全不介意，笑得比別人還歡，所以全班同學和教官都放開胸懷，個個笑得前仰後合。

沒想到馬力學多了，自己走的時候，竟然也變成了同手同腳，他越著急越錯，一時間還糾正不過來，教官的重點訓練對象變成了兩個。

宋鵬第一次看到我和馬力肩並著肩、昂首挺胸、同手同腳地踢正步時，剛喝進口的飲料全笑噴了出來。張駿也是沒忍住笑了一下，卻很快就移開視線，和同學一邊玩去了，壓根兒不再關心我們這邊的事情。

我臉上表情的那個燦爛呀，心裡滋味的那個複雜啊！一面是的確不希望他看我這丟人出醜的樣子，很高興他沒盯著看，一面卻又覺得連我這個樣子他都不關心，可見真的視我如陌路，於是很是難過。

因為整天在太陽底下曬著，我又比別人要多吃一頓小灶，臉被曬得開始掉皮。那時候，我壓根兒不知道什麼防曬霜之類的東西，不僅不懂基本的防曬知識，還因為性格大大咧咧，有些男孩子化，常常被曝曬後，直接用涼水沖個臉，又跑回大太陽底下繼續曬。

有一天，我去上課時，發現桌子裡有一瓶全新的防曬霜，標籤上印著日文和繁體中文，我研究完後，明白這東西是專門防止被曬傷的。

正常情況下，女孩子收到這類東西，第一個念頭就是有男生暗戀自己，我的直覺反應卻是有人放錯了課桌，將東西放在桌子上，暗示那個人來失物招領。可等了一天，都沒有人來向我討回東西，我驚疑不定地開始意識到，這東西可能是送給我的。

說不驚喜，那肯定是假的！

不管他是誰，我都肯定不會喜歡他，但我有一種虛榮心的滿足感，不管我心理多麼早熟，我仍然只是一個少女，渴望著男生的欣賞和喜歡。

我一面暗自開心著，一面決定把東西還給對方。可是，是誰呢？

兩天後，我又在課桌裡發現了一封「情書」。先誇讚了一番我的特別，然後約我週末晚上去跳舞，卡片四周還用各種顏色的筆，寫滿了英文「I like you」，這些都不驚悚，驚悚的是，落款人竟然是宋鵬！

這是我第一次收到男生的情書，但是，我沒有絲毫愉悅的感覺，這也許壓根兒就是一次計畫好、有預謀的「報復」，一旦我答應了，么蛾子[4]就會出現，我可不是沒見過這樣的事情。

這兩天虛榮的沾沾自喜全部變成了尷尬和憤怒，我一手拿著情書，一手拿出藏在書包裡的防曬霜，走進了四班的教室。

馬上就要上課，四班同學們全在自己的座位上，看到我走進去，都奇怪地看著我。

我大步地走到宋鵬桌子前，「啪啪」兩聲，把防曬霜和情書拍到他面前：「我警告你，別再來煩我！」

在四班所有同學的注目禮下，我走出了四班教室。臨出門前，我瞥到張駿除了目瞪口呆，嘴邊好像還掛著一絲苦笑。

宋鵬對我的「回覆」做出了積極的反應，聽說我剛離開，他就立即把桌子上的東西全部扔進了垃圾桶，堅決不承認送過我東西。

可沒兩天他的倔勁又上來了，拍著桌子對他們班的男生說：「靠！我就不信拿不下羅琦琦。」消息傳到我耳朵裡，我冷笑，等著看你如何來拿我。

大概因為宋鵬對我的「關愛」，在外面混的童雲珠也留意到了我，不但主動和我聊天，還把她的防曬霜借給我用。我自己也開始注意了，仗著青春無敵，軍訓完沒多久，臉上的曬傷就全好了，一點疤痕沒留。

軍訓課程中，不管走路跑步，還是站軍姿、打軍體拳，都很枯燥，也許唯一有點兒樂趣的就是唱歌。

剛開始，教官帶著我們唱，等我們自己會唱時，教官就讓各班的班長帶著大家唱，他們則利用這個時間去開個小會。

軍訓馬上就要結束了，約莫是在商量最後的軍訓檢閱。

原地靜坐時，班長開始領著我們唱軍歌，一班唱完，點名要五班唱。

我們班七嘴八舌地商量唱哪首歌，一班又叫了起來：「要你唱，你就唱，扭扭捏捏不像樣！像什麼？像綿羊！」一班的班長朝大家做手勢，大家一起叫，「咩——」

我們班的男生都笑，對著一班嚷：「讓我唱，我就唱，我的面子往哪放？讓我唱，偏不唱！你

4多用於大陸地區，指壞主意、不好的點子。

能把我怎麼樣？」

一班叫：「冬瓜皮，西瓜皮，五班的人耍賴皮！」

其他班的人也跟著起哄：「一二三四五，我們等得好辛苦；一二三四五六，我們等得好難受；一二三四五六七，我們等得好著急；一二三四七八九，你們到底有沒有？」

我們班男生擺譜[5]擺夠了，才開始鼓足了力氣吼，唯恐歌聲不夠大：

日落西山紅霞飛
戰士打靶把營歸把營歸
胸前紅花映彩霞
愉快的歌聲滿天飛
咪嗦啦咪嗦
啦嗦咪哆蕊

這一刻，不再分新一中生、老一中生，有的只是一個整體——一年五班。

我們班唱完歌後，對著「仇人」四班吼：「四班的，來一個！四班的，來一個！」

四班卻沒有回應，我這才發現，剛才我們唱歌的時候，宋鵬好像又鬧了點兒事情，已經和張駿槓上了。四班的男生分成了鮮明的兩派，一派支持宋鵬，一派擁護張駿。

這個時候，沈遠哲大概很慶幸我們班最爛的人，也就是馬力這個假流氓，逗逗女生可以，為非作歹卻不行，不像宋鵬那種真混混，對女生比較客氣，對男生卻是可以用刀子幹架。

宋鵬根本不在乎會被學校處分，一拳就放倒了一個男生，場面亂了起來，張駿硬是把他的朋友都攔了下來，可已經驚動了教官。

四班的教官匆匆跑來，衝著張駿吼：「怎麼回事？」正好訓導主任過來巡查，就站在了一邊看著。

宋鵬抱著雙手，不屑地看著張駿。張駿身邊的幾個男生剛要說話，他大聲說：「報告教官，我們剛才在討論軍體拳的打法，比畫時不小心碰到同學。」

宋鵬愣了一愣，沒想到張駿竟然維護他，他卻沒領情，冷哼了一聲。

張駿又大聲說：「報告教官，我和宋鵬想對打一次軍體拳，還請教官糾正錯誤。」

教官還沒說話，四班的男生已經喧譁起來，拚命地叫好鼓掌，我們班的男生湊熱鬧，也跟著狂鼓掌。其他班的同學壓根兒沒搞清楚怎麼回事，可聽到我們在鼓掌，就也跟著鼓，反正鼓掌不會有錯。不一會兒，操場上已經一片雷鳴般的掌聲。

畢竟我們不是真正的軍人，四班的教官也不好直接訓斥我們，求助地看向負責管理所有教官的一班教官。一班教官把張駿和宋鵬叫到前面，叮囑了幾點注意事項後，同意了張駿的要求。

同學們都安靜下來，看著張駿和宋鵬單獨對打。

5 擺門面、擺架子。

嘴上解決不了的事情，就靠拳頭，這是張駿和宋鵬都認可的解決方式，也只有這樣才能讓宋鵬低頭。

對真正的混混而言，任何道理策略都是懦弱的表現，只有力量才是最真實的，只不過，張駿現在懂得把它合法化、合理化了。

剛開始兩人還裝模作樣地依著軍體拳的架子比劃，後來宋鵬打急了，就露了本性，怎麼狠怎麼來，張駿卻依舊不急不慌，用軍體拳化解宋鵬的進攻。

一班的教官看到宋鵬的樣子，快步走到他們身邊，好像是要分開他們，可看到張駿的樣子又停住了腳步，只是一直站在他們身邊，緊緊地盯著。

我們學軍體拳只是把它當成廣播體操在學，張駿卻顯然不同，他在學習的時候，肯定花了心思和下了苦功，也許對教官而言，我們這四百多人，只有張駿才算是學生。

藉著一個過身，宋鵬想踢張駿，張駿避開，並趁機一個側身反撲，把宋鵬摁到了地上。宋鵬拚命掙扎，張駿沒有硬按住他，讓他在全年級同學面前顏面掃地，反而立即退開，讓宋鵬站了起來。宋鵬越發惱火，大喊了一聲，要撲上去再打。

教官抓住了他的雙手，「如果這是在戰場上，你的命已經丟了。」

宋鵬的面色一陣紅，一陣白，全身的力氣慢慢地卸下。

教官鬆開了手，大概也是從熱血衝動、惹是生非的少年郎過來的，所以他什麼都沒說，只是安靜地走到了一邊。

宋鵬的臉色很難看，不過倒是沒丟他哥的臉，輸了就是輸了，衝著張駿扔了句「以後你是老大」，就走回了班級，老老實實地坐了下來。

小學三年級時，我就知道張駿很能打架，可這是第一次親眼看到，不知道該如何評價，只能說他沒有在外面白混。而宋鵬畢竟一半仗著哥哥宋傑的面子，一半仗著有錢，輸給張駿理所當然。

這一次不成王、則成寇的當面對抗，讓張駿在四班的男生中樹立了絕對的權威，從此之後，不管是新一中生，還是老一中生，都很服他。

沈遠哲採用的方法，不像張駿那樣承擔很大的風險，卻也沒有這麼立竿見影的效果，要到高一第一學期快結束時，他才慢慢讓所有男生都認可他的為人處事。

他們兩人雖然採用的方式截然不同，可最後都達到了自己的目的。

這三週可以說是又漫長又短暫，又痛苦又快樂。

當歡笑和痛苦一起分享，榮譽和失敗一起承受，不管再堅硬的冰似乎都能被融化，我們班新老一中生的壁壘被打破，雖然還談不上團結，但至少不再彼此敵視。

唯一美中不足的是直到軍訓結束，我同手同腳的毛病仍然沒有糾正過來，教官也沒有辦法。檢閱表演的時候，只能把我藏在全班的正中間。我們班和優勝獎無緣，但是得了精神文明獎，教官被評選為最佳教官。

全班男生都很開心，結束的時候，把教官高高抬起來，繞著操場走了一圈，邊走邊高唱軍歌，似乎自己真的是凱旋的軍人。

平時，他們都不屑於這些老掉牙的歌，可此時，似乎唯有激越嘹亮的軍歌，才能釋放他們心中的激情和力量。

操場邊不少女生眼眶都紅了，教官說話的聲音也有些哽咽，訓練的時候，大家恨教官恨得牙癢癢，可告別的時候，一切都化成美好的回憶和不捨。

Chapter 29

再次成為名人

不積跬步，無以至千里；不積小流，無以成江海。

所有人都想要「至千里、成江海」，可是，當跬步、小流分散到一年三百六十五日，變成了日日的枯燥重複，而千里、江海卻怎麼看都看不到時，沒有希望，沒有光亮，所有的雄心壯志都變得很可笑。

只能憑著一股毅力，日日堅持，是不是堅持就一定會成功呢？不見得。

但是不堅持，卻肯定不會成功。

軍訓結束後，我們就真正成為了一中的高中生。

按照慣例，學校將頒發統一的校服給我們。

不知道現在的高中生是否比我們當年幸運一些，校服能好看一點兒，配得上花季雨季的靚麗，反正我們當年的校服真是醜得不堪回首。

我一直沒想通一件事情，為什麼日本的中學生校服可以那麼好看？為什麼我們中國學生的校服總是土得令人傷心？

因為前兩屆學生集體反應校服很難看，到我們這屆的時候，學校採納了同學們的意見，改換校服的樣式。

為了展現一中的素質教育，校長決定由學生自己設計校服，經過老師的評選，高三一個女生的設計方案最後被學校採納。

看過設計圖的同學都說很漂亮，和漫畫、日劇裡面的那些校服一樣漂亮，這年級幾乎所有的女生，外加很多男生都抱著熱烈的期盼，畢竟校服這東西是要經常穿的，好看與否對大家的形象太重要了，我們這個年齡正是內心自信不足、最留意外表的年紀。

在大家的熱烈期盼中，學校的校服終於發了下來，在領到兩套校服的時候，我相信我們這年級的班花、校花、班草、校草們都肯定眼含滾滾熱淚。

怎麼形容這套校服呢？

就好像某人去「山寨」了某個著名品牌高級訂製的服裝，可是顏色搭配錯了，又捨不得用好料子，全用最粗糙的布料，做工也粗糙，做出來的東西不倫不類到了極點，還不如普通的運動服。

反正真的是太醜了，醜得不管美女還是俊男，穿上後氣質全變成了土質，絕對醜得「千山鳥飛絕，萬徑人蹤滅」！

發校服的那一日，整個高一的氣壓都很低，童雲珠氣得當場把校服扔到腳底下踩了兩腳。

學校大概也意識到這套由校長某個親戚的手工作坊生產的校服實在拿不出手，沒要求大家天天穿，除了各種集體活動，平時只要求每週一升國旗的時候必須穿。

可是，即使每週只穿一天，同學們都無法忍受，很快大家就有了作戰計畫。週一那天穿一套衣服，校服用塑膠袋帶上，等到升旗時再換上校服，升完國旗，立即去廁所換回來。不管男女，幾乎所有人都依此方案進行，唯一的例外就是我，我不但週一穿，週二、週三……直到週五，只要上學都會穿。

我每天穿著校服在學校裡晃來晃去的原因，和同學們不穿校服的理由完全一致——太醜了！

這麼醜的校服，怎麼穿都不心疼，連抹布都省了。

桌子髒了，直接袖子擦一擦就行；在校園裡走累了想看書，隨時隨地可以坐；課桌上有毛刺也不怕，不用像別的女生還要戴袖套，唯恐桌子把她們的漂亮衣服弄壞了，簡直又方便、又環保、又經濟、又節省……

當然，歸根結柢是我太懶了，懶得帶兩套衣服換來換去，不想花精力和時間在自己的外表上，不過，同學可不知道我這從懶惰引發出來的一系列行為，他們只是看到我整天都穿著那醜得刺眼、土得掉渣的校服，旁若無人、天經地義地招搖過市。

因為這卓越的校服，令我太過雞立鶴群，我很快就在高一年級聲名鵲起，無人不知，無人不曉，人人都知道五班有個叫羅琦琦的校服控。

真是悲哀啊！

我在高中部的成名，竟然不是因為我的成績，也不是因為我的性格，只是因為一套醜校服，相對而言，我還是比較懷念罰站乒乓球桌的成名方式，至少算得上有性格。

不知道是不是因為我用校服的自我噁心、自我醜化太過成功，反正叫囂著要拿下我的宋鵬再沒有了任何舉動。在走廊裡碰到他時，他光看著我笑，笑得我對他也沒了脾氣。

其實，我雖然不算故意，私心卻好像總有些盼望著和宋鵬真鬧出點兒什麼事情來，所以我才會那麼衝，那麼不給他面子地把情書和防曬霜都還給他。他哥宋傑在本市算個人物，如果宋鵬真想收拾我，讓宋傑說句話，那我是真會倒大楣的。

到那時，也只有小波能幫我了，他難道真會見死不救？

可是，連我自己都知道，這是作夢！

如果宋傑是這麼幼稚的人，他也不會在二十多歲的時候就成為鄧小平號召下最先富起來的那一批人。

而且，我也不想讓小波看不起我，所以我只能一面陰暗地想著，一面克制著自己的衝動。

在對高一生活的逐漸適應中，不知不覺中就到了期中考試。

進入高中後，學校每次大考都會公布年級排名，把榜單張貼出來，以示我們的競爭對手不僅僅是本班，還有整個學校、整個市、整個省。

總成績公布的那一天，我有些緊張，因為這半學期，我很認真地學習，很認真地復習，很認真地考試，現在到了揭曉結果的時候。

在榜單的排名上，我，班級排名第四，年級排名四十多。

關荷，班級第二，年級第十二。

張駿，班級第八，年級七十多名。

我爸和我媽都非常欣慰，笑得闔不攏嘴，班導師也特意向他們表揚了我，可我自己非常受打擊，年級四十多名不是我想要的成績！

如果這是我沒有學習，臨陣磨槍的結果，我會很高興，可從開學的第一天起，在大部分同學還沉浸在剛上高一的新鮮興奮中時，我就在認真看書、努力學習了。認真努力後卻是這樣的成績，我很失落，而我已經盡了力，難道我只能做一個年級四十多名的學生？

我在學校的樹林裡徘徊思索，可是，我找不到答案。

當我回到教室時，看到第二名的楊軍坐在第一名的林依然旁邊，正在仔細看著林依然的考卷。林依然就坐我前面，因為我們班整體水準偏差，她雖是班級第一名，卻連年級前十名都沒進，只是年級第十三名。

我很想湊過去看，可又不好意思，畢竟不知道她會不會介意。

豈料楊軍看到我，立即說：「羅琦琦，妳可不可以把物理考卷給我看一下？我剛問過物理老師，物理老師說妳的物理是年級單科第一，借我參閱一下吧，最好也給我看一下別的考卷，可以嗎？拜託，拜託！」

楊軍是個粗眉大眼的男生，長得很端正，尤其是眼睛，炯炯有神。

我把自己的考卷找出來，遞給楊軍，楊軍和林依然湊在一起看我的物理考卷，我笑問：「也能給我看一下你們的考卷嗎？」

楊軍隨手把一堆考卷遞給我，有他的考卷，也有林依然的考卷。

我迅速翻閱過他們的考卷，開始明白問題出在哪裡。首先是英語，林依然幾乎滿分，我才考了七十多分，其次是國文，再次是化學，然後就是歷史、公民這些科目，差距雖然不大，可兩分、三分地累計起來，我自然就被甩遠了。

我以為自己記憶力好，但這是一中的高中，是全市，甚至全省最好的學生匯聚的地方，顯然林依然有不輸於我的記憶力。

楊軍研究了我的考卷一會兒，突然叫起來對林依然說：「妳發現沒有？羅琦琦如果只算三門數理成績，是我們班的第二，比妳只少幾分，妳危險了！」

我心裡有些惱火，這楊軍怎麼這麼說話？

林依然笑著說：「是啊，她的理科可真好。」

楊軍抓著腦袋說：「不行，我要換座位，我要和妳們坐一塊兒。我國中可是被老師讚譽為理科強人，如今竟然比妳們兩個女生低，我不服氣！」

我心裡的幾絲惱火消散了，這人原來是個心無城府的人，我以小人之心度君子之腹了。

林依然抿著嘴角笑，很文靜秀氣，絲毫不引人注目，所以我一直不知道我前面竟然坐了一個成績那麼好的女生。

楊軍是行動派的人，說了要換座位就換座位，他對我的同桌馬蹄展開死纏爛打的工夫，天天求馬蹄。

馬蹄被求煩了，終於答應換座位。楊軍歡天喜地地搬到我旁邊，開始對我和林依然近距離監控，準備隨時超過我們。

我對此事保持沉默，他坐不坐我旁邊，我並不在乎，我需要思考的是如何解決我面臨的問題，而問題中的問題就是我的英語。

因為聚寶盆的關係，我的英文成了我的死穴，我該如何趕上這些各個學校彙集而來的精英？

看完林依然和楊軍的考卷，我清楚地意識到，只要我的英文不好，就永遠不能成為班級第一。

期中考試結束後，高中部有一個大會，高一到高三的學生都必須參加，會議的演講者們是各個年級的前十名，每個人會介紹自己的學習經驗和心得。

往常，我很討厭這種冗長無聊的會議，可是這次我熱切盼望。

但當我一個個聽下去時，我開始失望，每個人的內容換湯不換藥，不外乎課前預習，課上認真聽講，課後復習，認真完成作業，老師出的作業都是老師選擇出來的精華題目，所以一定要認真對待……

我開始懷疑究竟是每個人的學習方法都一樣，還是他們有所保留？

最後一個上臺的是三年級的第一名陳勁，學校明明要求每個人說三到五分鐘，他卻只講了一分多鐘，內容也是認真聽講、認真做作業什麼的，我搖著頭嘆了口氣，學校的初衷是好的，但是學生們自己有自己的考慮。

散會後，大家陸續走出講堂，陳勁一個人走著。

憑藉他的競賽成績，他已經可以直接保送北大，可他居然放棄，選擇參加高考，沒人知道他怎麼想的，他在大家眼中已經天才得有些怪物了。

我想找他聊聊我的困境，可又不好意思，當年耍酷耍得太厲害，和他迎面而過，都不打招呼的，如今自嘗惡果。

轉念又想，切！大不了就是熱臉對冷臉嘛，有什麼好怕的？

「陳勁。」

他回頭，看是我，有點驚訝。

我走到他面前，發現自己矮了他整整一個頭，不知不覺中，他竟然已經長大了，變得這麼高。

我期期艾艾地說：「我想請教你一件事情，可以嗎？」

他倒是脾氣很好，沒有一絲傲慢，笑著說：「請講。」

我放下心來：「我的英文和國文不好，有什麼辦法提高嗎？」

「妳的國文不好？」他很意外。

「嗯。」

「妳回去參考別人的考卷，把自己的卷子分析一下，看看失分比重最大的地方在哪裡，要解決問題，先要診斷問題。」

「我分析過了，主要是作文不好。」

他笑了：「進入高中後，老師改作文的標準完全依據高考的標準。高考作文和明清時代的八股文有些類似，很善於扼殺創造性和幻想力，妳要想拿高分，就去認真看看得高分的人如何八股的。不管有多好的想法，都別輕易跳出框子，妳覺得妳寫得好，評卷的老師不會認可。」

我忙點頭：「還有呢？」

「其實，妳的國文應該比別人更好才對。國文歸根結底是一門語言，靠的是積累。我聽過妳的辯論賽，妳的閱覽量非常大，記憶力又好，在積累方面，你們那年級中應該沒有人能超越妳。」

這些誇讚的話出自陳勁這個天才之口，我突然不好意思起來：「可是，我成績不好。」

「妳現在要找的路，只是如何把妳積累的知識和高考試卷做連結，這個我可幫不了妳，每個人的思維方式、知識架構都不同，所以才有『師父領進門，修行在個人』的說法。」

我雖然壓根兒不知道路在哪裡，卻有茅塞頓開的感覺：「謝謝你，那英文方面呢？」

他低著頭笑：「早知道有今日，當初站乒乓球桌的時候，就該看看英文書。英文不是靠一點兒小聰明就能解決的科目。」

我有些羞赧：「是，我也知道自己基礎太差，而我要追趕的人卻是全市最優秀的學生，我每天在學習，人家也在每天努力學習；我每天進步，人家也在進步，所以我才更需要找最適合自己的學習方法。距離高考已經過去半個學期了，我沒有時間和精力去浪費。」

陳勁看我如此認真，很是意外，盯了我一眼，低頭想著。

我們已經快到高三的教學樓，他站在了六角亭旁：「我和妳的情況不同，我很小的時候，我爸就教我唱英文兒歌。我上小學的時候，英文辭彙量已經一千多了，而妳是國一才接觸英文，又沒好好學，我一直認可的『語言在於積累』的學習方法完全不適合妳用，妳必須自己去發現適合自己的學習方法。

不過，我想妳首先應該把妳的辭彙量趕上來，就如同學習國文要先認字一樣，這個和人聰明不聰明、笨不笨沒一點兒關係，完全要靠苦功。」

「好的，多謝你。」

「不用，學習貴在堅持，希望一年後，妳還能有今日的決心。」他停了停，很有深意地說，「高中部的這三棟教學樓裡，每天都有很多人在下決心要好好學習，每天也都有人做不到。下決心是一件很容易的事情，堅持卻是一件很難的事情。」

我笑了笑：「我決定了的事情，就一定會堅持。」

放學回家的路上，我沒有思考物理題，而是在反覆思考陳勁的話。

回家後，我把國中的英文課本都找了出來，決定每天抄寫十個單詞到紙片上，來回放學的路上要花費將近一小時，正好充分利用。

然後，又作了一個重要的決定：每天早上早起半小時，背誦英文課文，但是和陳勁告訴小波的方法略有不同，我不打算追求什麼虛無縹緲的語感，而是以流利的背誦為目的。

以後的關鍵不是在於一天花費了多少小時學英文，而是在於一年三百六十五天，我是否每天能早起半小時背誦英文、是否能每天堅持背十個英文單字。

從今天開始，堅持到高考前，如果我的英文成績還不好，那麼我認命！

在分析完自己的弱勢，優先規畫了英文學習時間後，我又根據自己的情況以及各科老師的狀況，制定了各門學科的學習方法，充分利用學校裡的時間。

比如，我覺得物理老師講課很混亂，我就不聽他講，自己看書做作業，基本上物理課下課的時候，我的物理作業已經全部完成，還有餘力總結一下思路。化學也差不多如此，雖然老師講得不錯，但我認為我不需要聽她講課。

數學老師雖然是學校出了名的邋遢鬼，上課時經常不是兩個褲子口袋翻在外面，就是釦子完全扣錯，頭髮更是好像從來沒梳理過，同學們都對他很絕望，覺得自己怎麼遇到這麼差的老師。可我覺得他講課講得非常好，是我迄今為止遇見的老師中，邏輯思維最嚴密、發散思維最敏捷的老師，他的課我則有選擇地時聽時不聽。

三門理科，我從不記筆記，雖然化學老師多次要求上課必須做筆記，我也嘗試過幾次，可發現筆的速度太慢，寫筆記是在壓抑思維，拖慢了我思考的速度，而且全神貫注地思考時，根本會忘記記錄。

但是，我對待英文課的策略卻完全不一樣，我是從上課鈴一敲響，就如吃了興奮劑，兩隻耳朵豎著，兩隻眼睛冒光地盯著老師。

因為基礎差，很多東西聽不懂，沒關係，先死記下來，課後再研究，筆記一筆一畫地記，連老師說的口水話，我都一字不漏地寫下來，因為我的英文能力不足以去判斷老師講的哪些東西有用，哪些東西沒用，那麼笨人的方法就是不管三七二十一全部記下來。

我還時常研究林依然和楊軍的筆記，學習他們各種記錄的方法，分析哪點好、哪點不好，哪種更適合我的思維方式。博採眾家之長後，我的英文筆記簡直可以拿去展覽。

在英文課上，我的頭腦基本上完全鎖定老師，因為太過專注，下課鈴敲響的時候，我經常有疲倦感，所以課間十分鐘一定要到戶外休息，這樣才能讓大腦為下一堂課的高效率運轉作準備。

國文則把林依然鎖定為目標，她的每一篇作文我都會看，又買了一本高考作文範文大全，把它當小說看，閒著沒事就翻一篇，琢磨一下作者的思路。

歷史、公民之類的，我覺得就是靠死記硬背，所以從來不聽課，經常偷偷地背每天新學的英文單字，或者鞏固數學物理，如果這些都讀完了，我就看看閒書。

地理課是例外，周老太是老一代的大學生，教了一輩子地理，雖然古板嚴厲，知識卻很淵博，旁徵博引。我很喜歡聽她的課，感覺是一種眼界的拓寬，可以瞭解我們生活的地球和宇宙，聽課本身就是一種放鬆。

我盡量高效率地利用在學校裡的時間，充分利用上學、放學這些點滴時間。時間經過這樣分配之後，除了每天早上要早起半小時背誦英文，其實每天都很閒。

我從不熬夜，也從不放棄玩樂的時間，因為我堅信好的學習是建立在好的休息基礎之上，不能充分休息的人，也不能有效率地學習。

可落在外人眼裡，我很不學無術的樣子，自習課在讀閒書，數學課上看《機器貓》，物理課上用鋼筆畫美少女戰士。

其實，這些都是我已經合理規畫後的剩餘時間。

楊軍和我的情形有些相似，雖然因為各自的思維不同、強弱不同、興趣偏好不同，各有側重，但我們倆都是上課不愛聽講的人，這就意味著我們的「空閒」時間很多。

和楊軍在一起後，我才知道原來我是那麼調皮搗蛋的學生，我們倆每天課堂上都有無數小動作，每天都要互相整對方，每天都要絞盡腦汁讓對方出醜。

某天，國文老師走進教室，沈遠哲喊起立，同學向老師鞠躬後坐下，只聽撲通一聲，我就沒人影了。原來是楊軍趁著我們起立，把我的凳子抽走了，我就一屁股坐到了地上。

某天，我正以數學老師的聲音為伴奏，把《機器貓》夾在數學課本裡看，一個人偷著樂，凳子只剩兩腳著地，愜意地一搖一搖，楊軍猛地一腳踹到我的凳子上，我就又坐地上去了，《機器貓》飛了起來，在空中打了幾個轉，砸到我頭上，全班哄笑。

正在寫板書的數學老師回頭，扶一扶他的深度近視眼鏡，茫然地看看教室，困惑地問：「羅琦琦呢？」

大家又笑，只看到一隻手從桌子底下有氣無力地探出，並傳出很虛弱、咬牙切齒的聲音：「我在這裡。」

再某日，下課鈴剛敲響，楊軍與沖沖地往外衝，我跟在他身後欣賞著自己的傑作。

在凳子上坐了整整一節課後，楊軍的屁股已經全被粉筆灰染成了紅色，背上飄著字條，上書幾個大字：猴兒的屁股。

同學們早已經習慣我們的惡作劇，都不提醒他。

他因為體育好，還在班級最前面領做廣播體操，結果就是從四班到六班都在笑，他不停地回頭，卻不知道同學們在笑什麼。

不過，我也得意不了多久，說不定第二天，我背上就寫著「經過我，就請打我一下」，經過我身邊的同學都會「善良」地滿足我的請求，在我背上來一下，我卻納悶，怎麼今天大家打招呼的方式全變成拍我背了？

因為我們倆成績好，老師們都很包容我們的惡作劇，何況我們也不是不長眼色的人，哪個老師能開玩笑，哪個老師不能開，我們分得很清楚。

在慢慢逝去的日子中，我逐漸融入了高中生活，有了新的好朋友——楊軍、林依然。他們成績優異、單純熱情、朝氣蓬勃，是最平常、最正常的好學生，他們和我國中時的朋友截然不同。

我知道這個班級裡，依然有林嵐、李莘、倪卿，重複著女孩子間並不新鮮的故事，可不知道是因為我改變了，還是因為我和楊軍的氣場，吸引到的朋友不管成績好壞，性格都是活潑好動、單純開朗，或者說沒心沒肺、傻玩傻樂。

我們一群人整天在一起，看漫畫書、吃零食、吹牛神聊、鬥嘴打鬧，互相折騰，互相取樂，因為成績好，老師喜歡我；因為性格大剌剌，有一幫玩得來的哥兒們，我的高中生活簡直晴空萬里，烈陽高照，一絲陰霾都沒有。

國中時代的人與事，好像離我越來越遙遠，包括那個沉默寡言、冷漠倔強的羅琦琦。

我高中的同學從不認為我是個沉默內向的人，他們一提起我就會搖著頭，邊笑邊誇張地說：「羅琦琦那傢伙太能鬧騰了，特別喜歡惡作劇，能把你整得一會兒哭、一會兒笑，老師拿她一點兒辦法都沒有。」

也絕對不認為我冷漠倔強。

在他們眼中，羅琦琦活潑好動、調皮搗蛋、飛揚不羈，喜歡玩，也玩得起，和所有男生都是哥兒們。女生們如果喜歡哪個男生，都喜歡找她傳個字條帶個話。

我想人都是喜歡生活在光明下的，沒有人喜歡背負著十字架跋涉，我也不例外。我慢慢地喜歡上現在的生活，享受來自老師同學父母親戚的讚美和喜歡，每天大聲笑、大聲鬧，認真努力地付出，同時享受付出帶來的榮耀。

我開始慢慢地將小波和曉菲藏到了心底最深處。

也許這才是人類的天性，不管多大的傷痛都能癒合，不管多痛苦的失去，我們都能習慣。可以叫它堅強，也可以叫它——遺忘。

就要期末考試，楊軍卻委靡不振。

我開玩笑地問他：「你不打算打倒我了？」

他嘆氣又嘆氣，足足嘆了一早上的氣，最後傳給我一張小字條，上面寫著「我想我喜歡上了一個人」。

我忍著笑，咳嗽了兩聲，他憂鬱地看著我，小聲問：「羅琦琦，妳覺得我長得帥嗎？」

我很白痴地看著他。大哥，你說這個問題，我該怎麼回答？

「有人說我長得還不錯，尤其是我的眼睛，國中的時候，好幾個女生都說過很好看。」

這倒是，楊軍的眼睛的確很好看，睫毛又長又密，眼睛又黑又亮。

我忍著笑意，在紙條上寫：「你究竟喜歡上誰了？」

楊軍不好意思，磨蹭了半晌都沒有告訴我。老師家長們常常覺得我們太過於輕易言「愛」，卻不知道，很多時候，我們就是連「喜歡」都非常難出口。

我笑著說：「你千萬不要告訴我是我哦！」

他被我一激，立即鄙夷地說：「妳？我腦子又沒進水！」

周圍的同學聽到他的說話聲，都抬頭看了我們一眼，楊軍沒有像以往一樣，搗蛋得毫不在乎，反倒一下就壓低了聲音。

好一會兒後，等同學們都沒有看我們時，楊軍嚴肅地說：「妳要答應替我保密，對誰都不能說，我可是連我鐵哥兒們都沒講過。」

「我答應。」

他又傳給我一張小字條：「第四排，第二個座位。」

左起第二個？還是右起第二個？虧他還是所謂的理科強人呢！邏輯一點兒都不嚴密，但等我抬頭張望時，我知道了現實世界常常不需要邏輯。

左起第二個坐著美麗的童雲珠，右起第二個坐著胖胖的趙苗苗。

不需要再詢問，常識已經告訴我是誰了。童雲珠正低著頭寫作業，除去容貌更出眾一些，她看上去和這個班級裡的其他女孩並無不同。

楊軍又給我扔字條：「妳覺得我該怎麼追她？」

「你真要聽我的建議？」

「真的。」

「忠言逆耳呢？」

「妳以為我和妳一樣是豬頭？」

「我的建議就是不要追，她和你不是一個世界的人。」

楊軍很不屑：「那她是什麼世界的人？冥王星的還是海王星的？我已經打聽過了，她以前有一個緋聞男友，聽說進監獄了，可和她有什麼關係？她又沒做壞事。」

「我就知道我白說了。」

「我決定要去追她！」

我揮揮手，像揮蒼蠅：「好走，不送！」

童雲珠不是數學難題，不是聰慧勤力就可以攻克的，我已經可以看到楊軍的粉身碎骨，不過沒有人可以阻止他，青春的狗血不灑一灑，荷爾蒙分泌的亢奮不會過去。

只慶幸愛情這場瘟疫來的時間還算好，如今才高一，他即使染病了，仍有足夠的時間在高考前痊癒。

期末考試後，我躍居全班第二，林依然第一，楊軍第三。

我的國文成績有所進步，可英語成績仍舊慘不忍睹，期中考試至少還考了七十九分，這次卻只考了七十一分，不進反退。

成績公布時學校已經放寒假了，校園裡很空蕩，我手中捏著英語試卷，迎著刺骨的寒風，不停地走路。這一次的打擊比期中考試更為慘烈，我甚至有看不到一點兒希望的感覺。

我在英語上花費的時間和精力是別的科目的三倍，我的筆記是全班最認真的，上課時我的耳朵裡只有老師的聲音，專注到楊軍在我耳旁說話，我完全聽不到。我連週末都會堅持背誦半小時英文，每一篇英文課文我都倒背如流，我不相信我們班有比我更認真的學生！

我從沒有一天懈怠過，可成績竟然不進反退！

若說天道酬勤，那麼我的天道在哪裡？難道老天看不到我絲毫的努力嗎？

我不指望一下子能拿九十多分，可至少應該進步。為什麼會這樣？整整半年的努力，就是這樣的結果嗎？努力之後，卻沒有得到應得的報酬，這讓人絕望，讓人質疑自己有必要那麼努力嗎？反正學和不學沒什麼差別。

我沒有辦法給自己答案，當我在寒風裡走了兩個多小時，全身都幾乎凍僵之後，我決定忘記這件事情，忘記這種無力的挫折感，忘記這種似乎永遠看不到希望的絕望感覺。

我每天仍然要背十個單詞，每天仍然要背誦半小時英文，下個學期仍然認真聽講、認真做作業，仍然連老師的口水話都背下來。

我和自己賭，書山有路勤為徑！既然我不能找到原因，不能發現更好的學習方法，我就只能和自己賭古人的智慧。

我把英語卷子撕碎在風中，把自己半年來的挫折和沮喪壓到內心最深處。

Chapter 30

簡單生活

每個人性格的成因都可以追溯到他出生、成長的家庭。這世上，只有不良的家庭，沒有不良的孩子。

從高一的第一天開始，我的生活就變得很簡單，每天都重複著學校到家裡，家裡到學校的兩點生活。

寒假中，我每天睡一個大懶覺，起來後，泡一杯清茶，讀半小時到一小時的英文，然後再吃早飯、看書、看電視，反正不出門，活動空間不是客廳，就是臥室。

妹妹練電子琴的時候不喜歡關臥室門，以前我不在家待著，影響不了我，如今影響卻很大，我也不和她吵，從另一個角度來解決這個問題。

據說孫中山在年輕時代為了訓練自己的集中力，專門找鬧市讀書，那麼我就把這個當成是一種訓練好了，只要自己夠專注，耳朵所聽到的會自動被大腦遮罩。日子長了，即使開著搖滾樂，都不會影響到我做幾何證明題，注意力被鍛鍊得非常集中。

國中時，我幾乎天天早出晚歸，如今的生活和那時判若兩人，可媽媽不但不覺得欣慰，反而有點兒擔心，找我談話，勸我多出去玩玩。我爸爸也說孩子就是應該多和同學朋友一起玩。

我覺得很有趣，他們大概是唯一勸孩子多出去玩的父母。我告訴他們，不用管我，我知道自己在做什麼。

媽媽和爸爸只能保持距離地給予我適當的關心，難免會感到寂寞，幸虧他們還有一個小女兒，有著一切正常孩子都有的毛病：學電子琴會偷懶、想看電視不想做作業、羨慕同學穿漂亮衣服、嫌棄自己的鞋子不好看、要零用錢的時候會討價還價、幫忙買醬油的時候會把剩餘的錢貪污掉、替她定了鬧鐘會自己偷偷按掉，每天起床都要三請四催，不到最後一分鐘絕對不起床，搞得每天出門上學都和打仗一樣……爸爸和媽媽在妹妹身上體會著做父母的喜悅和挫折。

而我，則是一個完全不同的案例。

有一次，表姨媽到我家住，睡我的房間，我去和妹妹暫住。

那時恰是冬天，正好停電，又停了暖氣，家裡又黑又冷，所有人都縮在被窩裡，我卻沒有因為停電就給自己藉口，讓自己不早起三十分鐘，所以依舊早起，點著蠟燭開始背誦英文。

表姨媽大概因為認床，很早就醒了，聽到說話聲，打開了客廳的門，看到我披著我爸的棉大衣，站在陽臺上，呵著冷氣，湊在蠟燭底下讀英文。

當時的一幕，大概深深地震撼到表姨媽，以至於多年之後，她仍念念不忘，總是說從來沒有見過那麼懂事、那麼乖的孩子。

其實，在我看來，我只是堅持著自己給自己定下的遊戲規則，停電停暖氣這種事情太渺小，不足以讓我打破自己設定的規則。可表姨媽不會這麼想，她把這件事情在親戚中廣為宣傳，一傳十、十傳百，我成了親戚長輩眼中的「好孩子」。

妹妹有時候很嫉妒我，討厭我贏了那麼多的讚譽。我看著她像蘋果一樣的臉，幾分迷茫，在我的記憶中，應該是我嫉妒她的，大人們應該都不喜歡我的，怎麼好似一瞬間一切都改變了的樣子？時光，真是一個殘酷又奇妙的東西！

大年初三，我有個雷打不動的習慣——給高老師拜年。

高老師結婚了，丈夫是技校的副校長，一個戴著黑框眼鏡的男子，很熱情地歡迎我，倒好飲料後，主動回避到書房，將客廳留給我和高老師。

高老師細細端詳我：「琦琦，妳變了。」

我笑：「其實心裡頭沒有變，只是看世界的眼睛變了。」

「張駿也變了。」

我理智上告訴自己保持沉默，嘴巴卻不受控制：「他一直以為自己少年老成，比別人聰明，其實盡做傻事。」

高老師嘆了口氣：「這些年我一直擔心他，生怕他走到歪路上去，現在總算鬆了口氣，他也挺不容易的。」

「他有什麼不容易的？家裡唯一的兒子、家境富裕、爸媽嬌寵、相貌出眾、天資聰穎，要什麼有什麼。真正條件艱苦的人都好好的，偏偏他交了一幫狐朋狗友，淨幹一些偷雞摸狗的事情。」雖然我說的也是實情，可我似乎偏偏要和自己的心反著來，語氣極盡嘲諷。

高老師起身幫我倒了一杯果汁，忽然笑起來：「當年帶你們的時候，我中專剛畢業，才十七歲，每上完一堂課，手心全是汗。妳和張駿都人小鬼大，我一直不敢拿你們兩個當小孩子，一直把你們當朋友一樣尊重。」

我笑著沒有說話，心裡卻默默說：「妳是我一輩子的恩師。」

高老師說：「張駿的三姐夫和我老公是大學的同班同學，現在是實驗中學的副校長。張駿出事的時候，他姐夫還和我老公通過電話，我老公是你們老校長的學生。」

難怪張駿犯了那麼大的事情都沒有被開除，留校察看處分也很快就取消了，明顯只是走個過場。小波如果有這樣的家人，結果肯定完全不同，也許他已經……

只能說，人和人的命運截然不同。

高老師看到我的神色，似乎猜到我在想什麼，便說：「等妳再長大些，妳就會明白，上天是很公平的。人得到一些，注定就會失去一些，有時候失去是為了得到，有時候得到意味著失去。這世界上沒有人什麼都有，所以，永遠不要羨慕他人所有，而是要學會珍惜自己所有。」

「那張駿得到的是什麼，失去的又是什麼？」

「他有比別人更好的物質條件，可他沒有完整的家庭。」

我不解地看著高老師：「我聽說張駿有四個姐姐，他是父母辛苦盼來的兒子，父母在物質上讓他予取予求，非常嬌寵他。」

「這只是表象。張駿的爸爸是個非常能幹的男人，就是有點兒愚孝。張駿的奶奶有很傳統的香火觀念，認為兒媳如果不能生兒子，就是給他們張家斷子絕孫，所以當張駿的媽媽一胎又一胎地生女兒時，她一直不停地鼓動兒子離婚，甚至在張駿媽媽生完四女兒坐月子的時候，就押著張駿爸爸去相親。到最後，第五胎終於是個兒子，可張駿爸媽的婚姻也走到了盡頭。」

「他們離婚了？」

「沒有，不過和離婚差不多。張駿的大姐因為年紀比較大，目睹了母親遭受的一切，所以很早就出了社會，出社會後做的第一件事情就是改姓氏，從母姓，又把媽媽接到身邊，鼓勵媽媽離婚。可一方面她爸不願意，一方面她媽也不願意，所以就對外說，媽媽身體不好，需要女兒照顧，接到女兒身邊住，其實是夫妻變相分開了。妳肯定不能理解，但是他們那個年代的人就是那樣，已經沒有辦法一起過日子，可就是不肯離婚。」

「那張駿從小就沒有媽媽了？」

「差不多吧，他出生後一直跟著奶奶生活，奶奶去世後，才接回爸爸身邊。可他爸爸辦了停薪留職，自己在外面接工程做。我聽他三姐夫講，一年中能有一個月在家就不錯了。」

有我自己的例子，他的事情並不難理解。張駿的奶奶應該很寵他，可老人一去世，他就一下子變得娘不親、爹不近、姐姐厭。因為心理落差太大，他小時候才那麼叛逆，抽菸喝酒打架偷東西，全部沾染上。

高老師嘆了口氣：「他三姐昨天到我家，和我提到張駿，還說現在大了，想起小時候的事情很過意不去。張駿小時候跟著奶奶住，被奶奶灌輸了很多關於他媽媽的負面思想，對媽媽不太尊敬，她就很討厭張駿，老是和四妹偷偷打他掐他，搞得小張駿一見幾個姐姐就像受驚小貓一樣，被逼得很快就學會了打架，八歲的時候，就能把四姐打得哇哇哭。」

我忽然想起了自己被趙老師推打到黑板前的一幕，他當年也是被逼到角落裡後，才開始奮起反抗的吧？

我說：「張駿跟著奶奶長大，自然要幫著奶奶了，他又不知道媽媽和奶奶之間的恩怨，他姐姐怎麼能怪他呢？」

高老師點頭：「是啊！小孩子哪裡懂得大人之間的是非恩怨呢？」

「那現在……張駿和他姐姐的關係緩和了嗎？」

「大家都長大了，很多事情都能彼此理解了，要不然張駿出事時，爸爸媽媽四個姐姐不會都趕了回來。我想張駿也應該明白家人都很關心他，肯定會忘記過去的不愉快。」

高老師一定是在一個很幸福的家庭長大，所以她不明白，不管現在多美好，童年的那些缺憾早已與成長交融，變成性格中的一部分，會永遠刻在記憶中。我們只是學會了如何去忽視掩埋，不會永遠真正遺忘。

高老師說：「妳現在對張駿的印象有沒有改觀一點兒？張駿真不是外面說的那麼壞。明年一起來給我拜年吧，我記得你們小時候還挺要好的，經常一起回家。」

「我從來沒有認為張駿是壞人。」

高老師詫異地說：「沒有？張駿可和我抱怨過，是妳先不理他、嫌棄他、不和他一起玩。」

我愣了一下：「他什麼時候說的？」

高老師說漏了嘴，和個小孩子一樣，尷尬地笑：「我一直要他叫妳一塊兒來給我拜年，他總是不吭聲，我就教訓他男孩子應該大度一點兒、主動一點兒，他被我說急了，告訴我不是他不理妳，是妳不理他。是不是真的？」

我死鴨子嘴硬，堅決不承認：「哪裡啊？他不理睬我才是真的。」

再不敢談論張駿，轉移話題和高老師聊起了我的學習，果然，這個話題她更加關心。

她說：「照妳這個成績，名門大學應該沒什麼問題。」

「我的目標首先是班級第一，然後是年級第一。」

高老師吃了一驚：「不要給自己太大壓力。」

「沒有壓力，就沒有動力。」

高老師說：「盡力就好了，不要太逼自己，這個世界第一只有一個。」

我們又聊了一會兒後，我起身告辭。

走在路上，想著自己剛才的豪言壯語。

我真能做到嗎？連關荷都只是在年級的十一到十五名之間徘徊。

看到小賣鋪前面停著一輛摩托車，和張駿的摩托車很像，我不禁慢了腳步，明知道他昨天已經來給高老師拜過年，這不可能是他的車，可還是忍不住停在了摩托車前面。

現在，站在時光這頭，看時光那頭，一切因緣都變得分明。

那個時候，他和我很相似，我們都因為成長環境的突變，變得很孤單，只不過，我還沒學會掩飾，而他小小年紀已經學會了掩飾。也許因為理解，他給予了我一點點溫暖和照顧，卻不知道令我此生都不能忘。

就如同高老師也許並不是對我最熱情、最好的老師，隨著我的成績變好、性格變得隨和，有越來越多的老師對我寵愛呵護，遠勝當年的高老師，可是，不管他們對我多好，我都壓根兒不會在乎他們，我唯一記住的只有高老師。

定定地凝視著摩托車，想著張駿，也想起了小波，那騎著摩托車，飆馳在風中的日子遙遠得好似在一萬光年之外，我們都已收起了叛逆的稜角，開始在人生軌道中努力。

站了很久後，我轉身離去，看到路口有賣羊肉串的，去買了十串，囑咐他多放辣椒。

吃著辣得嘴巴的羊肉串，迎著寒風微笑。

Chapter 31 第一件大事

當我們的眼睛不再黑白分明一如嬰兒時，我們眼前的世界也開始不再黑白分明。

真誠的冷漠、虛偽的善良、褒與貶模糊、黑與白交雜，同學之間的關係開始複雜，不再是簡單的你和我好、你不和我好。

我們的一隻腳猶在林黛玉式的好惡隨心中，一隻腳卻已踏入了薛寶釵式的圓滑世故中。

我們已經意識到人與人之間的相處也是一門學問，但，我們還未明白這其實是一門遠比考上大學更艱難、更深遠的學問。

寒假過完，新的一學期開始。

這個學期有兩件大事，第一是學生會會長的人選，第二是文藝會演。

我們班有童雲珠，文藝會演本來應該沒有任何問題，可童雲珠剛做了急性闌尾炎的手術，不能參加今年的文藝會演，沈遠哲只能自己張羅。

沈遠哲頭痛得不行，晚自習召開臨時班會，向大家徵詢意見，可我們班除了童雲珠，真的沒有文藝人才了，一幫男生七嘴八舌，全是餿主意，逗得大家前仰後合，班會開成了搞笑大會。

我對沈遠哲有異樣的感情，總是有一種欠了他什麼的感覺，看不得他為難，明明自己也是文藝白痴，卻絞盡腦汁地想辦法。

我舉手：「我有個想法。」

沈遠哲示意大家安靜，聽我說話。

「我們班男生多，可以出一個男生大合唱，合唱雖然有些土，但畢竟是一個正式的節目。」

無為而治的班導師終於出聲了：「我可以請學校合唱團的老師幫我們班上幾堂課。」

沈遠哲說：「演出服也可以直接向他們借。」

男生們七嘴八舌議論了一會兒，敲定了這個簡單可行的方案。

「第二個節目呢？誰還有想法？」

我又舉手，沈遠哲有些吃驚，笑著做了個請的手勢。

「我國中的時候有個朋友很會跳舞，我發現舞臺表演在某些時候特別需要借助於服裝和道具，尤其是我們這種演員業餘、評委業餘的。前幾天我正好在電視上聽到一首歌，叫〈說唱臉譜〉，我很喜歡，覺得十分朝氣蓬勃，當時就很動心，所以去圖書館借了一本關於京劇臉譜的書看。」

我把這兩天正在看的畫冊給大家看了一眼，接著說：「一中似乎從沒有人表演過和京劇有關的內容。流行歌不能上，現代舞需要控制尺度，一個不小心就會被訓導主任刷掉，所以大家老是再三地表演民族歌舞，我們正好抓著這個新鮮。」

沈遠哲說：「想法很好，但是實施的困難度很大，京劇的行頭都很貴重，肯定借不到。」

我說：「這個我也想過了。能不能用班費買一些白色長布，把〈說唱臉譜〉中的臉譜都畫出來，然後配合歌，用佇列變換，或者其他方式表現出來，這個我們可以集思廣益，反正目的就是展現出京劇中的臉譜文化。」

「這工作量非常大，找誰畫呢？」

我笑著說：「我學過畫畫，可以畫一點兒。王茜也會畫畫，如果她有時間幫忙就最好了。」

我上繪畫班的時候曾經見過她，老師說過她很有天分。我把書遞給同學，讓他們傳給王茜。

班裡靜了一會兒，全都激動起來，都覺得這個點子很新鮮，也有可行性，而且主題非常健康積極，簡直屬於訓導主任一看就喜歡的調調。

馬力大聲說：「我會翻跟頭，打臉譜的時候，我可以從臉譜前翻過去，像電視上那樣。我小時候練過武術的，後來怕吃苦放棄了，可翻幾個跟頭還是沒問題的！」

我看著他笑，他瞪了我一眼，衝我揮了下拳頭，一副「當時沒打妳，可不是怕了妳」的樣子。

班導師很高興：「那就這樣辦，我去學校管理影像資料的老師那裡問一問，如果有京劇的錄影帶，可以借來給你們借鑑一下。」

王茜已經粗略翻過幾個臉譜，笑著說：「這些臉譜繪製起來不難，最重要的是要讓顏色在燈光下明顯亮眼，我保證順利完成任務。」

我說：「〈說唱臉譜〉中有一段是用年輕人的口吻說唱，這一段，我們可以由幾個同學打扮得摩登一些，用一種比較痞、比較生活的方式表演出來。」

男生們笑著說：「這還用表演嗎？請馬力和吳昊這兩位有錢少爺直接上去就行了。」

全班都哄堂大笑。

我笑著說：「還需要一個人扮演老爺爺，看能不能借到老式的長衫和白鬍子，這樣和年輕人的摩登有突出對比，舞臺效果就出來了。」

同學們都仔細想著，趙苗苗羞澀地慢慢舉起手，細聲細氣地說：「我外婆和媽媽都是裁縫，家裡有很老式的服裝。」

沈遠哲笑說：「謝謝妳，幫我們解決了一個大難題。」

趙苗苗大概是第一次看到全班同學都衝著她笑，她低下頭，聲音小小地說：「我家可以拿到比外面商店便宜的白布。」

班導師和沈遠哲異口同聲地說：「太好了！」

服裝解決了，白鬍子呢？

馬蹄笑著說：「我家有個白色的老拂塵，我看挺像鬍子的，實在不行，就把那個剪一剪，想辦法掛在臉上。」

大家都笑，沈遠哲說：「那就先這樣。這兩個節目需要我們班所有的人出力，有點子的貢獻點子，有才華的貢獻才華，大家有空都琢磨琢磨，可以隨時告訴我和羅琦琦。我們也不當它是要去比賽奪獎，全當大家一起玩一場，自己玩過癮了就行。」

男生都熱烈鼓掌、集體叫好，班導師笑著不吭聲，並不反對的樣子，我開始覺得這個白面書生其實也是一個很有意思的老師。

班會結束後，我提著書包出了教室，沈遠哲追上我：「真謝謝妳了，經過妳一說，感覺文藝演出也不一定就非要舞跳得好、歌唱得好。現在這個樣子，全班都能參與，其實更有意義。」

我有幾分傷感，我對舞臺服裝燈光的瞭解來自林嵐，對創意和形式的理解來自宋晨，當時，雖身在其中，卻全沒在意，如今，才發現他們都在我生命中留下了痕跡。

到了校門口，我和他說再見，他卻問：「妳走哪條路回家？」

我指了指我要走的路，他說：「我家也可以走那條路，我們正好順路，可以一起走一段。」

其實，我更想一個人走，因為我已經習慣晚上邊走路，邊思考數學或者物理題，但對沈遠哲的友好，我不想拒絕，於是笑著說：「好啊！」

他推著自行車和我邊走邊聊，兩個人聊起國中的事情，我給他講述和宋晨鬥嘴、和李杉下象棋、和關荷一起做壁報……

談話中，我驚覺原來自己和他們曾經有過很多、很多的快樂。

快到我家時，才發現一路上全是我一個人在說話，我們倆竟然如同國一那次不真實的相遇，只有我單獨說個不停。

我不好意思：「我到家了，再見。」

回到家裡，有淡淡的惆悵和傷感。自從考進不同的中學，大家就不怎麼來往了，關荷和我雖然同校，可也就是偶爾碰到，笑著點個頭，說幾句無關痛癢的話。

因為文藝會演，我和沈遠哲相處的機會非常頻繁，兩個人總在一塊忙碌，忙碌完後，他就順道陪我回家。

沈遠哲是一個非常好的聽眾，他似乎能理解我所講述的一切，我常常在漫天星光下、安靜的夜色中，為他講述那些我生命中已經過去的人與事，我告訴他陳松清的無奈離去、林嵐的聰慧多才、我國一時的膚淺和刻薄，還有聚寶盆、曾紅……

但曉菲和小波，我絕口不提，他們是我不能觸碰的傷痛和祕密。

隨著時間的推移，我們的關係越來越好，漸漸地，我把他視為了好朋友。

有時候我很擔心我說得太多，和他在一起時，似乎永遠都是我在說話，他總是在傾聽，可看到他的目光和微笑，我的擔心很快就消失了。

高一的第二學期真是一段非常快樂的日子，我們全班同學齊心協力地準備文藝會演，能出力的出力，能想點子的想點子，能提供物品的提供物品，即使什麼都無法貢獻的，也可以幫我和王茜拿調色盤，幫我們用吹風機烘乾顏料。

全班同學整天都很開心，嘻嘻哈哈的，連因為追求童雲珠頻頻受挫的楊軍也挺高興。

在全班團結一致的笑鬧努力中，到了文藝會演的日子。

高中部的訓導主任很年輕，可因為年輕，所以越發擔心出錯，要求竟然比國中部的訓導主任還嚴格。

在他的嚴格把關下，加上主題得健康積極向上，各個班級的歌舞都在框子裡面轉悠，風格和國中的時候差別不大，只不過因為高中有藝術特招生，舞蹈和歌曲的水準更高一些而已。

關荷如她所說，專心向學，不再參加文藝會演。

四班的節目，一個是兩個藝術特招生的雙人舞，一個是六個男生的現代舞。看張駿以前的表現，跳舞蠻有一套，而且他做為班長，肯定要為文藝會演出力，可是他竟然沒參加班級的演出。

我意外之餘很不舒服，覺得他似乎和關荷同進同退的樣子。

不過，很快就顧不上舒不舒服了。我不上臺表演，可我需要在底下統籌安排，幸虧當年在林嵐手下當了兩年助手，又跟著宋晨跑過龍套，一切環節都很熟悉。

我和沈遠哲臺前臺後地跑，一會擔心旗子打不開，一會擔心吊到禮堂頂上的卷軸出問題。到我們班節目快開始時，我和沈遠哲才能閒下來，緊張地站到臺前側看。

身後有人小聲叫：「琦琦。」

我回頭看去，發現走道一側恰好就是四班，關荷笑著和我揮揮手，壓著聲音問：「妳參加文藝會演了？」

關荷身旁坐著的是張駿，想到他們兩個竟然可以親密地在黑暗中同坐三、四個小時，只覺得她的笑容如劍，刺得我喉嚨都痛，一句話都說不出來，臉上卻是笑容燦爛，搖了搖頭。

沈遠哲笑著說：「羅琦琦是我們的總導演。」

關荷說：「那待會兒我鼓掌的時候一定會更用力。」

正說著，主持人報了曲目，我們班的節目開始，再顧不上說話，開始專心看表演。

我們班的節目時間比較靠後，不是一個有利的位置，因為大家看了一晚上表演，已經身體疲憊、審美疲勞了。不過我們班的人都很放鬆，壓根兒沒想到要拿獎，所以狀態很好。

我們把歌曲重新編排過，不是直接放歌，而是先放一段京劇的鑼鼓過門，夾雜著花旦和老生的唱腔。

當鑼鼓敲得震天響，二胡拉得滿堂生彩時，全禮堂昏昏欲睡的同學和老師都被敲醒了。

我笑著想，不愧是中國的國粹，真應該定為提神醒腦的必備品。

黑暗中，歌聲響起，「那一天爺爺領我去把京戲看，看見那舞臺上面好多大花臉，紅白黃綠藍，咧嘴又瞪眼，一邊唱一邊喊，哇呀呀呀呀，好像炸雷唧唧喳喳就響在耳邊……」

伴著歌聲，舞臺的背景變成了一個很古典的戲臺。這是利用的投影，班導師麻煩學校的老師特別弄的。

「藍臉的竇爾敦盜御馬，紅臉的關公戰長沙，黃臉的典韋，白臉的曹操，黑臉的張飛叫喳喳……」

歌聲中，舞臺上依次垂下了五幅巨大的卷軸畫，而卷軸畫上就是歌聲中的臉譜，藍、紅、黃、白、黑，在燈光映照下，顏色分明，極其奪目。

在卷軸畫降落的過程中，吳昊和一個男生、兩個女生穿著很時髦的服裝走到了臺上，邊走邊配合著說唱表演。

「說實話京劇臉譜本來確實挺好看，可唱的說的全是方言怎麼聽也不懂，慢慢騰騰咿咿呀呀哼上老半天，樂隊伴奏一聽光是鑼鼓傢伙，嚨個哩個三大件，這怎麼能夠跟上時代趕上潮流，吸引當代小青年？」

吳昊有錢公子哥的派頭擺得很足，頭上的棒球帽子歪戴著，鼻樑上的太陽眼鏡低垮著，視線從太陽眼鏡上方斜著看人。

「紫色的天王托寶塔，綠色的魔鬼鬥夜叉，金色的猴王銀色的妖怪，灰色的精靈笑哈哈，哈哇哇……」

歌聲中，四個身高力壯的男同學穿著繪製有臉譜的白色T恤，揮舞著大旗跑上舞臺，大旗上依次繪製著紫色天王、綠色魔鬼、金色猴王、銀色妖怪，四個男生分別站在五幅垂下的卷軸畫間。

「我爺爺生氣說我這純粹是瞎搗亂，多美的精彩藝術中華瑰寶，就連外國人也拍手叫好，一個勁地來稱讚，生旦淨末唱唸做打手眼身法功夫真是不簡單，你不懂戲曲胡說八道，氣得爺爺鬍子直往臉上翻……」

穿著老式長衫，拄著拐杖，撫著鬍子的同學走上臺，邊走邊點著一個個精美的臉譜，四個男生配合地揮舞著大旗，在舞動的大旗中，馬力穿著武打裝從臺子左側一口氣連翻到右側，臺下哄然響起叫好聲、鼓掌聲。

我和沈遠哲都舒了口氣，笑看著彼此，對拍了一下掌。這是今兒晚上最有技術難度的活，馬力成功完成了。

「老爺爺你別生氣，允許我申辯，就算是山珍海味老吃也會煩，藝術與時代不能離太遠，要創新要發展，哇呀呀呀，讓那老的少的男的女的大家都愛看，民族遺產一代一代往下傳。」

吳昊在老爺爺前面鞠躬道歉，兩個女生一邊一個攙扶著老爺爺。

「一幅幅鮮明的鴛鴦瓦，一群群生動的活菩薩，一筆筆勾描一點點誇大，一張張臉譜美佳佳……」

歌聲中，吳昊他們四個人走到四個舉旗的人旁邊，拽著旗子角，邊走邊將旗子攤開，四個舉旗的人轉過了身子，他們背上繪製的臉譜赫然顯露。

歌聲結束，嘹亮的京胡聲響起，燈光漸漸暗了，光影變幻中，大大小小的臉譜光彩變換，像活了一般，而老爺爺拄著拐杖，背朝著觀眾，深情地凝望著這個民族的文化精粹。

在他前面，是四個年輕人，有的仰頭，有的側頭，有的在笑，有的困惑，卻都望著臉譜，在他們手上是已經被傳承的民族文化。

表演比我想像得還要成功，我自己都被這些大大小小精美的臉譜震撼了，禮堂裡響起了熱烈的掌聲。

聽到評委的給分，我們班嘩啦一下全站了起來，用力地鼓掌，我和沈遠哲也十分激動，我沒忍住，舊習慣不自覺地流露出來，手放在嘴邊，想打個口哨，沈遠哲看到，忙抓住我的胳膊，阻止了我。我扶著他的胳膊，邊笑邊朝他吐舌頭，訓導主任就坐在不遠處，可不能因為我這一個口哨毀了全班人的辛勤勞動。

關荷邊用力鼓掌，邊笑著恭賀我們：「真的太棒了，這是誰的創意？」

我沒有回答，沈遠哲說：「所有場景都是羅琦琦設計的，那些臉譜也是她繪製的。」

關荷驚嘆：「琦琦，當年妳可是太深藏不露了！」

我笑著，好似壓根兒看不到張駿，眼角的餘光卻一直在看他，他對關荷有說有笑，可視線偶爾掃我一眼時，卻冷漠如冰，鼓掌都鼓得有氣沒力，隨意敷衍了幾下。

我的心裡有濃重的失望，我在他心裡真是連普通同學都不如，他連一點點禮貌的讚賞都吝嗇於給予。

四班的雙人舞奪得了二等獎，我們班的〈說唱臉譜〉盲拳打死老師傅，以最高分獲得了一等獎。訓導主任頒獎時特意表揚了我們，鼓勵所有的學生都應該發揚創造精神，並告訴大家，主題健康積極向上並不代表枯燥無聊沒趣。

我們班樂瘋了，每個人都在歡笑，因為每個人都有功勞。

等笑夠了，同學們散了後，沈遠哲叫住王茜和我：「這次全是妳們倆的功勞，妳們趕著回家嗎？如果不趕的話，我請妳們去夜市吃點兒東西，表示一下感謝。」

王茜笑著說：「那我不客氣了，我想吃麻辣燙、烤肉串。」

三個人在夜市上邊吃邊聊，我和王茜互相恭維，我說她是最大功臣，她說我是功勞才是最大，沈遠哲笑著給我們倒飲料：「都是功臣，謝謝兩位這次的鼎力相助。」

吃完東西，三個人離開時，經過一個夜市攤位，沈遠哲忽地停住，和坐著吃東西的張駿打招呼。大概也是班長的「酬謝宴」，張駿對面坐著那兩個跳雙人舞的女生。

我拖著王茜想走，卻有人叫我：「琦琦！」

我這才發現張駿的旁邊坐著關荷，此時，正探了個腦袋出來，笑著叫我過去：「琦琦，一塊兒過來吃點兒東西。」

我笑著說：「不用了，我們剛和沈遠哲吃過。」

回家後，雖然勞累了一天，可向來作息規律的我了無睡意。盯著窗戶外面，遲遲不能入睡。

張駿已經一年多沒交女朋友了，關荷是否會是他的第四位女朋友？

我對他的女朋友已經麻木，他再換，似乎都已經不能讓我有觸動，可關荷是唯一的例外，因為我有一種莫名的感覺，張駿並沒有為前三位女朋友真正傷心過，他的心自始至終都在關荷身上。她是他的第一次心動呢！

雖然當年關荷拒絕了他，可他現在已經不是那個瘦高的刺蝟頭少年，而是挺拔英俊的翩翩少年，也不再和社會上的流氓地痞來往，變成了一個品學兼優的好學生。

四年過去，他變化巨大。

四年過去，她又回到他身邊。

可我呢？自始至終，我是個連鏡頭都沒有的小配角，只能躲在陰暗的角落裡悲傷和嫉妒。

自從開學以來，沈遠哲除了幫忙班上準備文藝會演，還一直在籌備學生會主席的競選。

我覺得他沒什麼問題，開玩笑地說，光全年級喜歡他的女生幫他助助威，他也能上臺呀；正經地說，高一這一年，他在學生會的工作成績有目共睹，再加上國中時候的經驗，當選應該是理所當然的事情。

一直以來，沈遠哲在同學中的口碑都相當好，可不知道從何時起，慢慢流傳出一種說法——沈遠哲其實非常偽善。

身為高中學生，我們已經算是半個大人，我們也有著不少現實的考慮。比如，在真正明白為什麼共產主義會解放全人類之前，就已經有個別的人遞交入黨申請書，因為知道少年黨員會帶來很多好處。如果將來打算進入黨政機關、國營企業工作，那簡直比是不是名門大學畢業更重要。

沈遠哲就是我們年級中最早且唯一遞交入黨申請書的人。從這點來看，他是一個很現實、很精明的人，當同齡人還在混吃混喝、把高考視作人生唯一壓力時，沈遠哲已經開始每個月向黨組織遞交思想彙報，為以後的事業規畫和鋪路了。

沈遠哲身上有一股很奇異的力量，他能讓校長、訓導主任、班導師都把他當大人對待，給予他信任；能讓所有同學都把他當知心大哥，向他傾訴祕密。

可在流言的影響下，他的過於長袖善舞、滴水不露，反倒引起了很多同學的質疑，對照他遞交入黨申請書的行為，關於他偽善的言論越傳越廣，整個高一的人都知道了，而且相信的人不少。

那段時間，連我都有些困惑。

沈遠哲表面上看著溫暖親切，可實際上，真正的他和表面上完全不一樣。

我和他算是走得很近了，認為自己和他已經是好朋友，可靜下心來想一想，就會發現，我和他之間的交流竟然一直是單向的。

我告訴了他無數件關於自身的事情，連自己的膚淺卑鄙都曾提起，可他從沒談論過自己，他似乎總是微笑傾聽，適當的時候說幾句，讓我在不知不覺中越說越多。而我說得越多，便越覺得和他親密，引他為知己。其實，我對他的瞭解，竟然不比剛認識的時候多一絲半毫。

越來越多的人說他城府最深、心計最深、最會裝。

我困惑地想，真的嗎？

我是一個連共青團都還沒加入的人，而他已經遞交了入黨申請書，月月寫思想彙報。我一見老師就有心理陰影，連正常的交流都困難，而他和訓導主任、班導師可以稱兄道弟。

沈遠哲是一個和我完全不一樣的人，我完全不瞭解他。

可是，很快我就想通了。

他是什麼樣子的人重要嗎？我只需記住國一的那個下午，在我傷心哭泣時，班裡沒有一個同學理我，是他帶著溫暖走進來，用善良替我驅散了寒冷。

即使他虛假，但是假到這個程度，連對陌生人都可以溫暖關懷，那麼這種虛假其實比任何的真實都可貴。真誠的事不關己、高高掛起；虛偽的專注聆聽、排憂解難，我寧願要後者。

在關於沈遠哲不利流言傳播的同時，學生會推選了兩個人參加主席競選，一個是沈遠哲，另一個是鄭安國。

鄭安國是四班的體育委員，在學生會的體育部工作，籃球打得非常好。因為打籃球的關係，他和高中部多數的男生混得比較熟。加上他又是住校生，一中的住校生向來比較團結，所以他還獲得了幾乎所有住校生的全力支持。現任的學生會主席是新一中生，自然也偏向鄭安國。

經過激烈的角逐，鄭安國在學生會主席的幫助下獲得了勝利，成為了新任的學生會主席。

鄭安國很大度地邀請競爭對手當體育部部長，展現了完美的風度，但沈遠哲謝絕了，微笑著退出了學生會。

這對沈遠哲來說應該是一次很大的失敗，因為他既然申請了入黨，學生會主席的職務對他而言就很重要，遠遠超出了在同學中出風頭的意義。

可是，表面上看不出沈遠哲是什麼心情，他和以前一模一樣，笑容溫暖陽光，專心地準備文藝會演。

其實，我很想安慰一下他，可我不知道能說什麼，也不知道他心裡究竟怎麼想，如果他像我一樣，直接趴在桌子上哭，倒還好辦。可他一直在微笑，雲淡風輕得好似什麼都沒有發生過，我實在不知道能做什麼，只能盡力把文藝會演準備好，也算是為他分憂解難。

本以為學生會主席的事情到此就算塵埃落定，沒想到沒過多久，出現了峰迴路轉。

周日的晚上，我像往常一樣去上晚自習，剛到教學樓門口，一群人突然拿著鐵棒、棍子衝進我們學校，抓住幾個男生就開始揍。高中部的三棟教學樓裡，衝出了很多男生，和他們打起了群架。旁邊的花壇正在維修，堆放著待用的磚頭，很多男生就直接拿著磚頭去砸對方，陸陸續續，還有更多的男生加入。

眼前的場面讓我很吃驚，好像回到了國中時代。我一直在簡簡單單、快快樂樂地過著高中生活，覺得生活是從未有過的單純，卻不知道原來只是我選擇了單純的生活，並不是生活本身單純。

同學們一面害怕地躲進了教學樓，一面卻很激動地聚在門窗看熱鬧。

歌廳和舞廳都是經常打群架的地方，我早已經看麻木了，沒有絲毫興趣地提著書包走向教室。

走到二樓，看見張駿堵在走廊口，不許他們班一群想去打架的住校生下樓。男生們破口大罵，又推又搡，張駿就是不讓他們去，推搡中，眼看著他們就要動手打張駿，外面響起了警笛聲。

張駿讓到了一旁，一群男生立即往樓下衝，我立即緊貼牆壁站住，給他們讓路，心裡直嘀咕，沒聽到警笛聲嗎？誰還等你們啊？早已經散場了！

當男生們旋風般地刮走後，我轉身抬頭，想往上走時，看見張駿仍站在樓梯上，正居高臨下地凝視著我。

那一瞬間，階梯上只有我和他，高低參差的空間讓我滋生了幻覺，似乎我們很近，只要我一伸手，就能抓住他。

我呆了一呆，移開了視線，面無表情地拎著書包，從他身邊走過。

這次由技校學生挑起、一中高中部三個年級的住校生都有參與的群毆，是一中建校以來第一次校內群架事件，影響極為惡劣。兩個同學胳膊被砍傷，一個同學頭被磚頭砸傷，還有無數人輕傷。學校開除了兩個學生，警告、記過處分了一大批。

在此次群架事件中，四班沒有一個同學參與，學校給予了集體表揚。

鄭安國身為本屆住校生的核心人物，在打架發生時，一直躲在教室裡。他在週一的升旗儀式後，向全校檢討自己的失職，主動辭去學生會主席的職位，由沈遠哲接任。

沒多久，沈遠哲被批准為預備黨員的消息傳出，可謂雙喜臨門。

後來，馬力說那些技校生就是衝著鄭安國來的，鄭安國當然不敢出去了，可為什麼技校生要來打鄭安國，他又說不清楚，只說他認識的技校兄弟就這麼講的，大概是鄭安國太跩了吧。

經過這麼一鬧，鄭安國的哥們覺得他太孬種，都和他翻臉，沒有人願意和他做朋友了。鄭安國是住校生，父母都不在本市，在一中的後兩年，他過得很痛苦，努力地想融入大家，大家卻都對他很冷淡，只能一個人獨來獨往。

不過，因為沒有人和他一起玩，鄭安國只能把全部時間都花在學習上，後來居然考上了北京一所很好的大學，也許，這就是高老師說的「有的時候失去是為了得到」吧。

Chapter 32

少男少女的心思

為什麼年少時的愛，單純卻笨拙，誠摯卻尖銳？

為什麼當我們不懂愛的時候，愛得最無所保留，而當我們懂得如何去愛的時候，卻已經不願意再次輕易付出？

期末考試前，班導師告訴我們一個好消息，學校舉辦了一個天文海洋夏令營，選拔一批成績優異的學生和優秀的班級幹部去北京和青島。經過仔細甄選，我們班的人選是林依然、楊軍、沈遠哲和我。

我激動起來，祖國的首都，我還沒去過呢，重點是，還是全程免費的！回去後，和爸媽一說，他們驕傲得立即告訴了所有的親朋好友，搞得我又在親朋好友中風光了一把。

期末考試一結束，我們就準備出發，考試成績只能等回來後才能知道了。非常不幸，出發的前一天，楊軍打籃球時把腳給扭傷了，不得不放棄了去夏令營的機會。

出發的那天，學校的車到我家樓下接我。

為了趕火車，凌晨時分就得出發。等我帶著睏意鑽上車時，發現大部分的人都已經在車上了，很熱鬧。

車廂裡比較暗，大家又都縮在坐椅裡，我也看不清楚誰是誰，只能扯著嗓子叫：「林依然？」

「這裡！」

我立即躥過去，一屁股坐下：「特意給我留的座位吧？」

林依然笑著點點頭。

車廂裡的同學都帶著去首都的激動，聊天的聊天，唱歌的唱歌。前面不知道坐的是哪個班的，竟然回轉頭，和林依然對著數學考試的答案。我不敢置信地驚嘆了一瞬，然後才反應過來，這輛車上可匯聚著我們這年級的優等生。

到了火車站，我興高采烈地站起，座位後面的同學也站了起來，兩人面面相對，這才發現原來後頭坐的是張駿。

他要伸手去拿背包，我也要伸手去拿背包，兩個人的手碰到一起，我的心咚地一跳，整個人好像都被電了一下，立即縮回了手，過了一瞬，才故作鎮定地去拿行李架上的包。

但我發現扔上去的時候容易，拿下來時卻有點兒困難，踮著腳尖，也沒把包給拿下來。

張駿拿完自己的包，順手幫我把包拿下，遞給我，他一句話未說，我也一聲不吭地接過。

我不知道我的笑容算不算破功，反正我一直笑著，自己都不知道怎麼下了車，走進了火車站。

距離開車還有兩個多小時，學校因為考慮到人多，怕有意外，所以把時間計畫得比較寬裕，沒想到我們一個比一個麻利，一切都很順利。

帶隊的是一位年輕的女老師，把我們召集到一起，先自我介紹：「我姓邢，是四班的班導師，也是這次的帶隊老師，就算是正隊長了，任何同學有任何問題都可以找我。」

我們的物理老師也介紹了自己：「我姓王，五班和六班的物理老師，這次活動的副隊長，歡迎同學們隨時找我交流。我們的任務就是安安全全把大家帶出去，再平平安安帶回來。」

邢老師又說了幾點紀律要求後，指定了沈遠哲和張駿是學生負責人，同學們有什麼事情，如果不方便找他們，也可以找沈遠哲或張駿。

開完會後，有同學拿出撲克牌，把報紙往地上一鋪，開始坐成一圈打撲克。我縮在椅子上，咬著手指頭，思索著未來的尷尬，一個月同出同進，這趟北京之行似乎會有很多不快樂。

沈遠哲人緣好，和所有人都認識，有人拖著他去打牌，他看我和林依然在一邊枯坐著，笑著謝絕後，過來陪著我們。

我發了半晌的呆，問沈遠哲：「關荷應該是四班的前三名，為什麼關荷沒有來？」

「本來有她的，可是她自己放棄了，好像家裡有事。」

我輕嘆了口氣，她肯定是想來的。

雖然這次活動學校負責基本費用，可出門在外總是要花錢的，我媽就嘮叨著窮家富路，給了我一千五百塊錢，關荷的繼父只怕不能這麼大方。

等上了火車，同學中的階級差異立即表現了出來。

這次活動，所有費用都是學校出資，但只限於最基礎的，比如火車只能坐硬座，像我這樣普通家庭的孩子都自然坐的是硬座，可像張駿、賈公子幾個家境好的同學都自己出錢買了臥鋪。不過，現在是白天，他們把行李放在臥鋪車廂後，為了熱鬧好玩，就又跑到硬座車廂來和大家一塊兒玩。

他們一堆人擠坐在六人的座位上一起玩撲克牌，熱鬧得不行。

大家都像失去束縛的猴子，男孩女孩沒有拘束地坐在一起，興奮地又笑又叫，光牌局就開了好幾個，還有的圍在一起算命，算未來、算愛情，一會兒一陣大笑。

林依然不會玩撲克牌，又不善於和陌生人很快熟絡起來，安靜地坐在一旁。我則是因為張駿在，不肯湊過去。沈遠哲為了照顧我們倆，就陪我們坐在一邊聊天，搞得我們五班的三個人和大家有些格格不入。

我和他說：「你不用特意照顧我們。」

沈遠哲笑笑：「聊天也很好玩。」他指著大家一個個給我和林依然介紹，「張駿，四班的班長，剛才邢老師已經介紹過，妳們也應該都見過。他旁邊的是甄鄆，外號甄公子，他爸就是上次來學校視察的甄局長，張駿和甄公子關係很好，甄公子嘴巴利、性格很傲慢，不過人不壞。坐甄公子對面的就是鼎鼎大名的賈公子。」

我和林依然都是只聽說過其名，沒見過其人，畢竟我們所有人的爹媽都歸人家老爹管，所以都盯著看了幾眼，發現這個高幹子弟看上去很普通，溫溫和和地笑著，沒有甄公子看上去架子大。

我問：「他怎麼能來，他的成績沒那麼好吧？他也不是班長，不可能是優秀班幹部。」

沈遠哲笑著說：「學校的原定計畫是每班四個人，可因為好幾個人都放棄了，學校就把名額讓了出來，只要沒犯過錯，自己出所有的費用就可以參加，所以不只賈公子，甄公子和正在給大家算命的黃薇也是自己出的錢。」

悄悄看了一眼，那個女孩化著淡妝，戴著首飾，大概因為放假，又在外面，老師也沒有管。

我問：「她是哪個班的？」

「二班的。」

我覺得黃薇這個名字好像在哪裡聽過，卻又一時想不起來，林依然則輕輕「啊」了一聲。

我立即問：「妳聽說過她？」

林依然大概沒想到我反應這麼快，看了沈遠哲一眼，紅著臉、壓著聲音說：「我有個小學同學在三中讀國中，聽她說，她們學校有個叫黃薇的女生為男生割腕自殺，鬧得都休學了。」

又是一個在外面混的女生，難怪我對她的名字聽著熟呢。我沒有繼續追問，看了一眼黃薇，把視線投向了窗外。

到了晚上，張駿、賈公子、甄公子、黃薇都去了臥鋪車廂。

看到張駿走了，我舒了口氣，和沈遠哲說：「我們玩撲克牌吧！」

林依然搖頭：「我不會玩。」

我笑著說：「妳和我一家，我帶妳，非常簡單，比英語簡單一百萬倍，英語妳玩得那麼好，這個一學就會。」

她和沈遠哲都知道英語是我的痛，全笑起來，其實林依然看到大家剛才玩得那麼高興，心裡也想玩的，只是她自尊心比較強，不想因為自己弱，讓和她一家的人跟著輸。

沈遠哲去拿了兩副撲克牌，我們三個加上六班的班長一塊玩雙扣，兩個男生一家，兩個女生一家，他們會玩，林依然不會玩，看上去是他們占了便宜，但是很快就出現了相反的結果。

林依然是文靜而非木訥，幾把之後，已經上手，而且我知道她記性非常好，一百零八張牌，誰出過什麼牌，還有什麼牌沒出，她腦袋裡算得很清楚，再加上我的牌技，我們倆打得很順。

六班的班長感嘆：「沒想到好學生打牌也打得這麼好。」

林依然很興奮，抿著嘴角笑。

我們四個打到凌晨四點多，睏極了，有的趴在桌子上，有的靠著玻璃窗就睡著了。

林依然即使睡覺，仍然坐得斯文端正。我蜷著身子，靠著她，很睏，可睡得很難受，時睡時醒中，好不容易挨到清晨。

賈公子、甄公子、張駿、黃薇他們過來了，應該睡得很好，一個個神清氣爽。

邢老師和王老師昨兒晚上一個在臥鋪車廂，一個在硬座車廂，此時掉換，邢老師看著我們，讓王老師去休息。

邢老師低聲和賈公子他們商量，問他們可不可以讓同學借用他們的臥鋪睡一會兒，四個人都說沒問題，但因為人多，邢老師也不好指定，所以就讓他們四個自己去安排。

四個人自然都先把自己的臥鋪車票交給各自關係熟的同學，張駿竟然走過來，笑把車票讓給沈遠哲。

我心裡有些吃驚，原來他們不僅僅是點頭之交。

沈遠哲沒有客氣，笑問：「介意我先讓給女生嗎？」

張駿笑著搖搖頭：「你作主了。」

沈遠哲把車票交給林依然：「妳去臥鋪車廂睡一會兒。」

林依然為難地看著我，我笑著推她：「趕緊去吧，我昨天晚上一直在翻騰，弄得妳也根本沒睡著，等妳睡完我再去睡。」

林依然去了臥鋪車廂，座位空出來，沈遠哲招呼張駿坐，張駿竟然真坐了下來，就坐在我旁邊，我心裡憋悶得很，想走，可他坐在外面，我如果要走，還要和他說話。

六班的班長仍然靠著車廂打瞌睡，沈遠哲卻似乎一點兒都不睏，和張駿聊著天。我心裡煩悶，往桌子上一趴，開始睡覺。

沈遠哲忙一邊說話，一邊幫我整理桌子上的東西，關心地問：「羅琦琦，妳要不要吃點兒東西再睡覺？」

我悶著頭說：「不用了。」

同學們又擠在一起打牌，六個人的座位擠八個人，四個人的座位擠五、六個人。我表面上看起來在睡覺，實際上哪裡睡得著，兩隻耳朵豎得老高，時刻聽著張駿的動靜。

沈遠哲和張駿終於都被拉去打撲克牌，我旁邊的座位空了下來，於是拿了幾本書當枕頭，蜷縮著身子躺下，腳搭在對面的座位上，開始努力睡覺。也許是真睏了，雖然車廂裡吵聲震天，睡覺的姿勢很古怪，我仍然睡死了過去。

迷迷糊糊中醒來時，已經是下午，有男生在唱歌，有女生在解說算命的結果。不知道打牌打輸了還是什麼，聽到一個女生大叫：「賈公子，你是豬啊？這牌都敢往下打！」

畢竟大夥兒還年輕，外面的現實社會對我們的影響還有限，而且此行的同學成績都很優異，每個人都對未來充滿信心，管他賈公子、甄公子，其實大家都不放在眼裡。
我閉著眼睛微笑，在這麼狹小的空間裡，三十多個少年擠在一起，真是一種很奇妙的體驗。
夏天的火車車廂很悶熱，當年的普快硬座車廂又沒有空調，我睡了一身汗，一邊昏沉沉地坐起來，一邊找水喝，等喝了幾口水，戴上眼鏡，才發現這個四個人的座位，只坐著兩個人，我對面的那個人，竟是張駿！
他究竟什麼時候過來的？他為什麼沒有打牌？
我過於意外吃驚，根本不知道該怎麼反應，只知道傻傻地看著他。
我們倆面無表情地對視了幾秒，我一片空白的大腦才又有了腦電波，彎身從座位底下拿出洗漱工具去洗漱。
等洗漱完以後，卻沒有回到原來的座位，裝作要看同學算命，隨便找了一個空著的座位就坐了下來。
張駿依舊坐在那裡，靜靜地看著窗外，也不知道他究竟在想什麼，竟然就一個人那樣枯坐著。
很久之後，有一桌的牌桌少了人，叫他湊桌，他才去打牌了。
看他離開，我才拿著洗漱用具，返回了座位。
林依然從臥鋪車廂回來後，把車票還給沈遠哲，沈遠哲問我要不要過去睡覺，我搖頭：「已經睡夠了。」
他把車票還給張駿，張駿瞟了我一眼，接過車票，給了一個女生。大家這麼輪換著去臥鋪車廂睡覺，又有擠著打牌的同學空出的座位，也算都休息了。

剩下的時間，我要麼閉著眼睛打盹，要麼看書，反正避免和張駿接觸。

到了晚上，張駿一走，我就開始生龍活虎，我和林依然白天都已睡足，晚上索性就打了一通宵的撲克。

清晨，張駿依舊把臥鋪車票給了沈遠哲，沈遠哲依舊讓給了林依然，林依然去臥鋪車廂休息，我則和昨天一樣，蜷縮在硬座上睡覺。

氣溫比前天還高，車廂裡十分悶熱，我睡得後背上全是汗，那麼睏，睡得不甚安穩。睡夢裡，忽然感覺有涼風習習，燥熱漸去，身心漸漸安穩，美美地睡了一大覺。

半夢半醒時，才發覺是沈遠哲坐在對面，一直在給我打扇子，我又是感動又是不安，忙爬起來：「多謝你了。」

他微笑著：「舉手之勞，客氣什麼呢？」

正在旁邊座位打牌的六班班長開玩笑：「下次我也要你的舉手之勞。」

大家起鬨大笑，紛紛衝著沈遠哲說：「我也要，我也要！」

張駿也是握著牌在笑，眼睛卻是盯著我。

我本來在笑，看到他的笑意，反倒有些笑不出來了，避開他的視線，匆匆拿出用具去洗漱，等洗漱回來，發現沈遠哲趴在桌子上睡了。

投桃報李，我四處找扇子，看到旁邊的牌桌上有一把沒人用的扇子，我走過去，剛想伸手，一隻手覆蓋在了扇子上。

張駿拿起扇子，「啪」一下打開，一邊看手裡的牌，一邊搧著，好像絲毫沒有看到我。

我默默地退了回來。

後來，列車員來賣撲克牌和扇子，我花五塊錢買了一把，雖然有些貴，不過以後用得著，坐到沈遠哲旁邊，一邊看書，一邊幫沈遠哲打著扇子。

等沈遠哲睡醒，北京也到了。

在擁擠的火車車廂裡，所有人很快就彼此熟悉了，大家都很喜歡沈遠哲，就連曾經因為流言對他有負面想法的同學也喜歡上了他。

他總是留意著那些沉默內向的同學，照顧著他們，打牌的時候記得叫他們，輪臥鋪票的時候也記得他們，不會因為哪個同學害羞安靜、不夠活潑就忽略他們。

張駿和甄公子都把自己的臥鋪車票借過沈遠哲，可沈遠哲自始至終沒有去臥鋪車廂休息，每次都把機會給了別人。

邢老師看在眼裡，感嘆地說：「難怪你們班的班導師什麼都不操心，心都被你操完了。」她看同學們都看沈遠哲，立即又說，「不過，我們班的張駿也是很好的，這一年來幸虧有他，否則我真不知道拿宋鵬那幫小渾蛋怎麼辦。」

邢老師說得咬牙切齒，同學們都笑了。

我們年級最壞的兩個男生都在四班，那可不是普通壞學生的調皮搗蛋，邢老師的確不容易，不過她非常聰明，知道以惡治惡，絲毫不顧忌張駿以前做過的事情，選他做班長去管宋鵬他們那一夥。

到了北京，兩個人一間房，我和林依然同住，甄公子和賈公子同住，張駿和沈遠哲同住。大家一起吃飯、一起玩、一起聽大學裡的老師給我們講天文知識。一群同年齡的年輕人都相處得很愉快，唯一的不愉快來自我和張駿。

張駿和沈遠哲兩人關係越處越好，互相交換了相機，直接你給我拍照，我給你拍照，常常形影不離。

我和林依然都沒有相機，沈遠哲為了照顧我們倆，時時都叫著我們，給我們照相。林依然當然很樂意把她到過的地方照下來，帶回去和她的爸爸媽媽分享，所以一直和沈遠哲在一起。

我卻很鬱悶，因為這樣就意味著要和張駿在一起，我想溜，可沈遠哲和林依然總是拖著我，細心照顧我，溜都沒法溜。

因為四個人經常一起玩，連文靜的林依然都開始和張駿有說有笑，我卻和張駿仍然不說話。沈遠哲發現我和張駿一直沒說過話，以為我們是因為在火車上一個晚上睡覺，一個白天睡覺，沒機會熟悉的原因，特意向我們倆介紹彼此：「這位是四班的班長張駿，我的好朋友；這位是我們班的羅琦琦，也是我的好朋友，你們彼此認識一下。」

我和張駿都皮笑肉不笑地點點頭，笑著說：「你（妳）好。」

沈遠哲和林依然都以為我們以前從不認識，我和張駿居然都保持了沉默，誰都不肯提我們小學是同班同學。

沈遠哲高興地拉著我們一起玩，可他很快就發現，我和張駿完全不來電，一個看另一個完全不順眼，誰都不給誰面子。

張駿參加的活動，我不願意參加；張駿提議去哪裡，我一定是不想去的。

張駿倒是不反對參與我參加的活動，可他時時刻刻都不忘記刁難我。

有時候，明明我和沈遠哲聊得很開心，他卻會突然插進來，每句話都是諷刺我，讓我和沈遠哲完全說不下去，只能尷尬地結束話題。

爬到香山頂上時，正好是落日，天邊的彩霞鋪滿林梢，美如畫境。我麻煩沈遠哲幫我照張相片，兩個人正嘻嘻哈哈地照相，張駿卻在一旁冷嘲熱諷，不是譏諷我的姿勢做作，就是嘲笑我的表情僵硬，搞得沈遠哲非常尷尬，不停地打圓場，他卻越說越來勁。

別人說我，也許我就一笑，可他是張駿，就算我的臉皮真比長城的城牆拐彎都厚，他也能輕易地傷到我。

我又是羞窘，又是難受，衝著沈遠哲說：「我不想照了，不用再給我照相。」

沈遠哲不停地安慰我，讓林依然勸我，我只是搖頭，堅決不肯再照相。

張駿看我不拍照了，閉上嘴巴。

我冷冷地問他：「醜人不作怪了，你滿意了？」

他不吭聲。

去過香山後，不管去哪裡，除了老師要求的集體合影，我絕不肯再照相。

可張駿仍然看我不順眼，我們去頤和園玩，行了一路，張駿就看我不爽了一路，總是挑我的錯，拿話刺我。搞得我完全不記得頤和園長什麼樣子，只記得他嘲諷我了，他又嘲諷我了，他還是在嘲諷我！

我從來不知道張駿是如此刻薄的人，在我的記憶中，他屬於話不投機，轉身就走的人，只會打架，不會吵架。

我有時候很納悶，我究竟哪裡得罪了張駿？他為什麼要處處針對我？

其實我並不想和他起衝突，我都是盡量回避他，不想和他接觸，即使接觸，我都盡可能地不和他說話。

可他如此對我，我也不是個泥人，由著他欺負，所以只能回擊，搞得兩個人矛盾越來越深，到了幾乎一開口就要刺對方的程度，彼此都好像恨不得對方立即消失。

甄公子幸災樂禍地在一旁看熱鬧，時不時再澆點油。賈公子是個沒脾氣的溫和人，但因為和甄公子、張駿關係好，所以也跟在一旁敲邊鼓，幫著張駿一塊打擊我。

我們雖然只是一個三十多人的小集體，可因為來自不同的班級，不知不覺中就分了三、四個小圈子。

張駿他們幾個是我們這個小集體裡最大的小圈子，因為他們三個核心人物的態度，我漸漸地有些被眾人孤立，不管幹什麼事情，都不會有人主動叫我。

孤立就孤立！我又不是沒被孤立過！

我根本不吃他們這套，該怎麼玩就怎麼玩。林依然不知道有沒有察覺出我和張駿他們的交戰，反正她對我依舊，整天都跟在我身邊，我做什麼，她做什麼。有了這麼忠實的朋友，我更是不怕他們的孤立了。

沈遠哲成了夾心餅乾，做為這個小集體的負責人，他不想這種對立的事情發生，又身為我和張駿的好朋友，他尤其不希望我們倆對立。

他不停地幫我們彼此溝通緩衝，在我面前，盡說些張駿的好話，又跑去張駿面前，不斷地說我的好話，只希望我和張駿能改變一下對彼此的「惡感」，能夠友好相處。

我不知道張駿聽到沈遠哲誇我的話是什麼反應，反正我是從不反駁沈遠哲誇張駿，不但不反駁，反倒在面無表情下很用心地聽。

我一直很努力地將自己隔絕在張駿的世界之外，可內心一直在渴望瞭解他的點點滴滴。我喜歡聽沈遠哲告訴我張駿很講義氣，在男生中很受擁護和尊敬，就連宋鵬都很服張駿；喜歡聽他誇張駿為人處世圓滑卻不失真誠，該軟的時候軟，該硬的時候硬；喜歡聽他講張駿學習認真、做事理智，喜歡聽他說他有多麼欣賞佩服這位朋友。

我甚至享受著沈遠哲談論張駿，因為我從不敢如此明目張膽地去聊張駿，第一次有人在我面前不停地討論他，一談一兩個小時，而且全是他的好，我懷著喜悅、心酸、驕傲，各種複雜的心情靜靜地聆聽。

可我們兩人一見面，立即就水火不容。

沈遠哲很辛苦、很小心翼翼地在我們兩人之中維持著和平，同時繼續在我面前講張駿的好話，在張駿的面前講我的好話，希望有一天我們倆能被他感化，化干戈為玉帛。

有一天晚上，林依然去玩撲克，因為牌桌上有甄公子在，我就回避了。

我一個人正在活動室看電視，黃薇拿著撲克牌來找我玩：「要算命嗎？我算得很準的。」

我有些驚奇，除了沈遠哲和林依然，大家都有些孤立我，她和張駿玩得很好的樣子，怎麼不幫著張駿，反倒來找我玩？不過，我當然不會拒絕她的善意，立即回應：「好啊！」

黃薇讓我洗三遍牌，分別說四個男生、四個女生的名字，替我預測這些人會在我的生命中和我發生什麼故事。

我洗完牌，隨口說：「沈遠哲、楊軍、小島一匹狼、馬蹄、林依然……」

黃薇邊幫我算命，邊和我聊天。她說：「牌面上看沈遠哲和妳很有緣分，妳和他是在談嗎？」談就是談戀愛的意思，當年大家也不知道是不好意思，還是回避老師家長，將其減縮為談。

我立即說：「啊？沒有。」

黃薇一副「妳不要緊張，我會幫妳保守祕密」的樣子，小聲說：「不少人看到他晚自習後送妳回家哦！」

學校禁止早戀，可禁止不了少男少女的心，大家都在暗地裡火苗閃爍，不過，我和沈遠哲還真不是，所以我淡淡地解釋：「我們只是順路。」

黃薇微笑著問：「妳到底喜歡不喜歡沈遠哲？」

我有些煩，我和她又不熟。這些事情就是好朋友都不見得會說，她怎麼如此不長眼色？

「普通朋友的喜歡。」

「那妳有沒有喜歡的人？我是說特別的。」

「沒有。」

「真的？我不信！妳肯定有喜歡的人。是誰呢？我懷疑就是我們夏令營中的一個，對不對？」

「我從來沒有喜歡過男生。」

我否定得臉不紅心不跳，想起身走人，卻發現不知道何時，沈遠哲和張駿都站在一旁，正看著我們算命。

我的心咚一跳，忽然湧起酸澀的感覺，完全忘記自己上一秒想幹什麼，仍呆呆地坐著。

黃薇笑咪咪地問張駿和沈遠哲：「你們要不要算命？十分靈驗的。」

沈遠哲說了四個女生的名字，有我和林依然。

黃薇立即說：「剛才羅琦琦說的四個男生的名字也有你，牌上說你是她心中重要的人，你們會有很長的緣分。」

她的口氣很曖昧，搞得我很不自在。沈遠哲微笑著說：「我們要在一個學校讀三年高中，當然是很長的緣分。」

黃薇變換著語氣開我和沈遠哲的玩笑，像試探也像撮合，沈遠哲很鎮定地兵來將擋，水來土掩，太極拳打得很圓滑，黃薇拿他一點兒辦法都沒有。

換張駿算命時，他一邊從黃薇手裡抽牌，一邊隨口報著女孩們的名字：「童雲珠、李小婉、林依然……」

我們都詫異地看他，他和林依然沒這麼熟吧？

全部人都等著他說第四個名字，他卻突然停住了。我裝作不在意地拿起遙控器，換著電視頻道，心裡卻莫名其妙地有了期待。

張駿的手在牌面上停了一會兒，微笑著抽出牌，說出了最後一個名字：「關荷。」

沈遠哲和黃薇都笑起來，我也開心地笑著，目光沒有溫度地看著張駿，將內心的紛紛擾擾全部掩蓋住。

第二天晚上，大家一起去外面吃飯。十二、三個人一張大桌子，分了三桌，我非常不幸地再次和張駿同桌。

大家邊吃邊聊，甄公子能言善道，一會兒一陣笑聲響起。

我知道他們都討厭我，所以一句話都不說，一直低著頭吃飯，菜都不主動夾，面前有什麼就吃什麼。

茶杯裡的茶水已經喝完，我抬頭看了一眼，發現茶壺在甄公子手邊，就又低下頭，繼續吃飯。

張駿端起茶壺替大家倒茶，大家都笑著說「謝謝」，倒到我時，我用手一扣茶盅：「不用。」

其實我想喝水，可他這幾天欺人太甚，我就是不想領他的情，即使只是個順手人情。

一桌的人都看著他，搞得他很沒面子。

他端著茶壺站了一瞬，微笑著給下一個人倒，甄公子卻冷哼了一聲：「某些人給臉都不要臉。」

我當作聽不懂，低著頭繼續吃飯，甄公子仍在冷嘲熱諷，果然長了一張毒蛇嘴。

桌上的氣氛很尷尬，我忍了一會兒，實在忍不下去，猛地把筷子往桌子上一拍，盯著甄公子問：「你有完沒完？張駿是你哥還是你弟，他自己啞巴了？要你出頭？」

沒想到甄公子笑咪咪地說：「張駿就是我哥，怎麼了？他是不屑和妳計較，我就是喜歡替我哥出頭，怎麼了？」

賈公子也湊熱鬧：「路不平眾人踩，敢情妳還不許我們拔個刀相助了？妳以為妳是誰啊？江老爺子（江澤民）也沒妳這麼橫。」

沈遠哲打圓場：「大家一人少說一句，又不是什麼大事。」

男人的嘴巴厲害起來，真是女人都得怕三分。

我站了起來，走到飯館外面坐著，沈遠哲跟出來，我對他說：「我是吃飽了才出來的，你不用管我。」

「我也吃飽了。」

他坐到我旁邊，要了兩杯冷飲，遞給我一杯，想說什麼，卻又不好開口。

我知道隨著我和張駿的矛盾越來越大，眾人都越來越排斥我，他又維護我，所以真的很為難。

「其實你不用幫我，我並不在乎別人怎麼對我。」

「我知道妳心裡不好受。」

我凝視著冷飲杯子上凝結的小水珠，鼻子有些發酸。我的難受不是來自於眾人的排斥，這些完全傷害不到我，而是張駿，我一點兒都不明白到底哪裡得罪了他，他為什麼要這麼處處刁難我？竟然逼得我連躲避的角落都沒有。

林依然走了出來，坐到我旁邊，低著頭說：「琦琦，我想和妳說幾句話，希望妳別介意。」

「我有那麼小心眼嗎？」

「妳不是小心眼的人，可正因為妳不是小心眼的人，我才不能明白妳剛才為什麼要那樣對張駿。我覺得妳現在這個樣子不好，大家出來的機會很寶貴，一起玩多好，可因為妳和張駿，搞得我們都很緊張尷尬，話都不敢多說。

剛才張駿替妳倒茶，妳為什麼拒絕？即使平時有矛盾，張駿說了一些不好聽的話，可妳向來最大方，馬力那麼嘲笑妳，妳從來不生氣；楊軍老是捉弄妳，妳也從來不介意，妳為什麼要介意張駿呢？」

我低著頭想了一會兒，說：「我知道了，謝謝妳，我不該因為自己而影響了大家。」

林依然很緊張：「妳會不會不開心？」

「不會，我知道妳是真的關心我，希望大家不要討厭我，所以才會對我說這些話。」

林依然釋然了，笑著說：「我知道妳沒吃飽，剛才麻煩服務員把剩下的小饅頭打包了。」

「謝謝。」

林依然笑咪咪地搖搖頭，沈遠哲卻是若有所思地看著我。

回到住宿地方的時候才七點多，同學們有的去打籃球，有的在玩撲克牌，有的在看電視。我一個人在宿舍裡坐了一會兒，決定去找張駿，我要和他談一談，解決我們之間的問題。

找了一個男生，向他打聽張駿在哪裡。

「張駿說有點兒累，沒出來玩，一個人在宿舍休息。」

我去張駿的宿舍敲門，他說：「門沒鎖。」

我推門進去，他正站在窗口，回頭看是我，愣住了。

我關了門：「我想和你談一下。」

他坐到了唯一的一把椅子上，請我坐到床邊。

我沉默了很久，都不知道從何說起，他也一點兒不著急，安靜地坐著，絲毫看不出平時的刻薄樣子。

很久後，我嘆了口氣說：「我知道你看不慣我、討厭我，可沒有必要因為我們倆影響大家。我保證以後不會惹你，保證以後盡量不在你的眼皮底下出現，保證不管你說什麼我都只贊成不反對，也麻煩你放我一馬。」

我說完，立即站了起來，想要離開。

他立即抓住我的衣袖：「我沒有看不慣妳。」

「你還沒有看不慣我？」

我氣得停住了腳步，甩掉他的手，指著他質問。

「我為了躲開你，爬香山走得飛快，盡力往前衝，你說我絲毫不體諒走得慢的同學。那好，我體諒！去故宮的時候，我為了不招你嫌，走最後，你又諷刺我扯大家的後腿！

我和同學說話，說多了，你說就我的話最多，把別人的話全搶完了。那成，我沉默！你又諷刺我沒有集體意識，一個人獨來獨往，玩清高裝深沉！就是我照個相，把眼鏡摘下來，你都有話說。

你說，我摘不摘眼鏡，關你什麼事呀？我已經很努力在回避你了，你究竟想怎麼樣……」

我一邊說話，他一邊走了過來，我在氣頭上，全沒留意，只是一步步下意識地後退，直到貼到了牆上，仍瞪著他，氣憤地申訴：「我們好歹從小認識，都是高老師的學生，你就算討厭我，也沒必要搞得讓大家都排擠我……」

他忽地低下頭來親我，我下意識地一躲，他沒有親到我的額頭，親到了我的頭髮。我的聲音立即消失，嘴巴半張著，驚恐地瞪著他。

他雙臂撐在牆上，低頭看著我，雖然面無表情，可臉色卻是一陣紅、一陣白，顯然也是非常意外和緊張。

我腦袋一片空白，呆了一瞬後，猛地一低身子，從他的胳膊下鑽了出去，拉開門就拚命往自己的宿舍跑，「砰」的一聲關上門，身子緊貼著門板，心還在狂跳。

跳了很久後，意識才逐漸回攏。

我如同喝醉了酒一樣，歪歪斜斜地走到床邊躺下，腦子裡越想越悲傷，越想越氣憤，張駿還真把自己當校草了，似乎只要是女生，就會喜歡他。

我悲哀地想著，剛才要麼應該抽他一大耳光，抽清醒他這個渾蛋；要麼索性撲上去，回親他一下，反正我喜歡他這麼多年，究竟我們誰占誰便宜還真說不準。

可我他媽地竟然沒用地跑掉了！

羅琦琦，我真想抽妳一巴掌！

林依然回來了，問我：「妳餓了嗎？要吃小饅頭嗎？」

我裹著涼被，含含糊糊地說：「不要。」

我早被自己氣飽了。

Chapter 33

尷尬快樂的北京

青春那麼短暫，我卻在花季正盛時，遇見了所愛的人；生命那麼有限，我卻在最美麗的年華，被所愛的人深深愛過。

我們曾在山巔海角相愛過，縱使結局是於山巔海角分別，我也不後悔。我唯一後悔的是，當時沒有多愛他一點兒。

一夜輾轉反側，完全沒睡著，一時覺得應該抽張駿兩耳光，一時又覺得應該先抽自己兩耳光。早晨起床時頭暈腳軟，幸虧今天是去參觀北京天文館，不會太耗費體力。

我戴著大涼帽，把自己藏在人群裡，躲著張駿走，恨不得自己有件隱身衣。我近乎悲憤地想，這世道怎麼如此古怪？明明是他做錯了事，怎麼倒好像我見不得人了？可道理歸道理，行動卻是毫不含糊地畏縮。

因為太睏，在天文館裡究竟看了、聽了些什麼，已經完全不記得了，只記得最後，老師把我們帶到一個大廳裡，講恐龍滅絕的原因。

大廳的天頂是橢圓形的，當燈光完全熄滅時，整個天頂化作了浩瀚的蒼穹，無數顆星星閃爍其間，美麗得讓人難以置信。

隨著解說員的聲音，我們如同置身宇宙，親眼目睹著億萬年前彗星撞向地球，導致恐龍的滅絕。這樣的活動本來是我的最愛，可置身黑暗中，頭頂星海浩瀚，館內溫度宜人，我看著看著就睡著了。

感覺也就是睡了一小會兒，就有人推醒了我，我立即睜開眼睛，發現張駿坐在我旁邊，大廳裡的人已經走得半空，周圍的椅子全空著，他默默地看著我，我腦袋充血地瞪著他。

人都走空了，我們仍然是剛才的姿勢，互相瞪著對方。

工作人員來催我們：「同學，放映已經結束。」

張駿拽拽我的衣袖，低聲說：「走了。」

我迷迷糊糊地跟著他晃到大廳，同學們都在買紀念品，各種各樣的恐龍。

他帶著我過去：「要恐龍嗎？」

我點點頭，又搖搖頭，意識完全混亂，完全無法思考，只是糾結著打他還是不打他。

他把每一種恐龍都買了一隻，花了不少錢，甄公子開玩笑：「你要回家開恐龍展啊？」

張駿笑了笑，沒吭聲。

當我糾結了半天，發覺自己已經錯過最好的發作時機時，我迅速逃離他，跑去找林依然：「妳怎麼走的時候也不叫我一聲？太不夠朋友了！」

林依然看著我身後不說話，我一回頭，張駿像個鬼影子一樣，不知道什麼時候跟了過來，就站在我身後。

坐車時，本來都是我和林依然坐一起，可回去的時候，張駿主動要求和林依然換座位，坐到我旁邊。

我以為他有什麼話要說，解釋、道歉、狡辯……反正不管什麼，他總應該說些什麼，這樣我才能反擊，可他一路一句話沒說，我閉著眼睛裝睡覺，貌似鎮靜，實際已經完全暈了。

去食堂吃晚飯時，他沒和男生坐，反倒坐到我和林依然身邊，順手就幫我和林依然把筷子、紙巾都準備妥當，林依然驚奇地看著他，我也完全不能理解地盯著他，他卻若無其事，我行我素。

我們倆前幾天一直互相敵對，恨不得一刀殺死對方而後快，昨天吃晚飯時還針鋒相對，鬧得滿桌人尷尬，今天卻一百八十度大轉彎，坐車一起，吃飯一起，別說外人看著奇怪，我自己都覺得很詭異。

沈遠哲端著餐盤坐了過來，笑著問：「你們總算可以和平相處了，誤會怎麼解開的？」

我低著頭吃飯，不吭聲。張駿笑了笑，和他聊著別的事情。沈遠哲幾次想把話題轉到我和張駿身上，張駿卻都避而不談。

吃完飯，回到宿舍樓，大家依舊聚在一起玩，我卻立即跑回了自己房間。

第二天，上了車，我已經和林依然坐好，張駿卻一上車就走過來，要求和林依然換座位。這不是什麼大不了的事情，林依然又向來不會拒絕人，立即就同意了。

張駿又坐在了我旁邊，我心裡七上八下，幸虧一向面部表情癱瘓，外人是一點兒看不出來真正心思。

這一天是遊覽北海公園和北京動物園，一整天，不管去哪裡，他都跟著我，我不理他，他也不說話。如果我走得快，他就走得快；如果我走得慢，他就也走得慢；如果我和林依然說話，他就站在一旁擺弄相機；如果我被哪處景物吸引，想多看一會兒，他就站在一旁默默等著。

總之，不管我說什麼、做什麼，他都不再嘲諷我，就是一直跟著我，跟得我毛骨悚然，不知道他究竟想幹什麼。

中途，我嘗試著偷偷溜了幾次，可是，集體活動，再溜能溜到哪裡去？過一會兒，他就能找到我，繼續像個鬼影子一樣跟著我，後來，我也放棄了這種無謂的嘗試，任由他去。

雖然非常古怪，我和他卻很和平地相處了一整天，整整一天啊！

晚上回去時，他仍舊坐我旁邊，去食堂吃飯時，他也仍舊坐我旁邊，沈遠哲和林依然都目光古怪地盯著他，他卻坦然自若，和他們都談笑正常，只是不和我說話而已，當然，我也只和林依然、沈遠哲說話，堅決不理他。

第三天，還是如此，他總是在我身邊，默默地跟著我，默默地照顧我，卻一句話不說，搞得我也什麼都說不出來。

我開始有些受不了。

感情上，我暗暗渴望這樣的日子繼續下去，可理智上，我知道絕不能再放任自己，否則，我會死無葬身之地。

我和張駿不一樣，張駿玩得起，我玩不起。

吃過晚飯後，我和前兩天一樣，立即回了宿舍，邊沖涼邊思索，等洗完澡，換了條長裙，我決定去找張駿把話說清楚。

張駿、賈公子、甄公子幾個男生在籃球場打球，黃薇和幾個女生在一旁觀戰。七個男生分成兩組，打著力量不對稱的比賽，拚搶卻都很投入。張駿的技術很好，黃薇她們不停地為他鼓掌喝彩。

我走到籃球場邊，默默站著，心想楊軍的籃球打得也非常好，可惜楊軍沒來，否則他們兩個一定能玩到一起去。

胡思亂想了一陣，實在沒有勇氣在眾人面前高聲把他叫過來，所以只能又默默地轉身離去，低著頭，一邊踢著路上的碎石頭，一邊走著。

身後傳來急匆匆的腳步聲，未等我回頭，一個渾身散發著熱氣的人已經到了我身邊，正是張駿。他的脖子、胳膊上密布著汗珠，臉頰帶著劇烈運動後的健康紅色，渾身上下散發著非常陽剛健康的男孩子的味道。

一瞬間，我也不知道為什麼，臉騰地就滾燙，忙轉過頭，盯著腳前面，大步大步地走路。

他也不說話，只是沉默地跟著我。

我走了一會兒，心頭的悸動慢慢平息，腳步慢下來，他也自然而然地慢了下來。

我停住了腳步，轉身看著他，他也立即站住。

我把心裡的五味雜陳都用力藏到最深處，很理智、很平靜地說：「我已接受你的道歉，明天不要再跟著我，我會忘記所有的不愉快，我們之間就當什麼都沒發生過，各玩各的。」

他盯著我，胸膛劇烈地起伏著，似乎裡面有什麼東西就要掙脫束縛，跳出來，可一會兒後，他又平靜了下來，淡淡說：「我要去打球了。」

說完，立即跑向了球場。

我長長吐出強壓在胸口的那口氣，立即轉身朝著相反的方向走去，我怕晚一步，我就會後悔。

晚上，我再次失眠了，心裡有很多掙扎，一會兒是理智占上風，肯定自己的決定是正確的，一會兒是感情占上風，嘲諷自己自討苦吃，何必呢？不過，現在怎麼想都已不重要了，因為驕傲如張駿，只會選擇立即轉身離開。

半夜時分，下起了暴雨，雷聲轟隆隆中，雨點劈哩啪啦地敲打著窗戶，我剛有的一點兒睡意，立即全被敲走，只能臥聽風雨，柔腸百轉。

清晨起床時，我有些頭重腳輕，想到待會兒還是會見到張駿，突然覺得很軟弱。

洗漱完，和林依然一塊去吃早飯，到了食堂，剛要去打飯，有人叫我：「羅琦琦。」

是張駿的聲音，我石化了三秒鐘才能回頭。

張駿臉色不太好，好像沒睡好，他沒什麼表情，非常平靜地說：「我已經幫妳和林依然打好早飯了。」

我還沒說話，林依然已經笑著說：「謝謝。」

我只能跟著他們，暈乎乎地走到桌前坐下，坐在一旁的沈遠哲衝我笑著點頭，臉色不太好看，似乎也沒有睡好。

我作夢一般地吃著早點，究竟吃了什麼，完全沒印象。

到了車上，林依然剛想坐到我身邊，張駿的胳膊一展，就搭在椅背上，擋住了她：「不好意思，這個位子我要長期占用。」

林依然愣了一愣，笑起來，走到後面坐下。

張駿坐到了我旁邊，我扭轉頭，望向窗外，裝作專注地研究車窗外的風景，心裡卻七上八下。

車在公路上奔馳，車廂裡有的同學在唱歌，有的同學在談笑，張駿卻一直沉默著。

我不停地醞釀著勇氣回頭，卻怎麼都沒有勇氣，當我的脖子都快要變成化石，玻璃都快要被我看融時，我終於鼓足勇氣，很淡定地回頭，打算和張駿進行嚴肅對話，卻發現張駿頭歪靠在椅背上，呼呼大睡。

我虛假的淡定變成了失落的怨憤，自己在那邊糾結啊糾結，糾結得脖子都酸了，人家卻一無所知，睡得無比香甜。

可是，怨憤很快就散了。

夏日的清晨，一束束陽光透過車窗射進來，照在他臉上。車窗是深藍色的，光線被過濾成了深淺不一的藍色，隨著車的移動，深深淺淺的藍色歡快地跳躍，而他卻是靜謐的，在一片晶芒掠躍、華光流溢中，他安穩香甜地睡著。

忽然間，很多年前的一幕回到了心頭，燦爛的夏日陽光透過樹梢灑下來，河水嘩嘩地流過，他躺在大石頭上靜靜地睡著，暖風吹過我們的指尖，很溫暖，很溫馨……

原來不知不覺中，已經這麼多年過去了，我們竟然已經成為了當時覺得遙不可及的高中生。

我的心柔軟得好似四月的花瓣，輕輕一觸就會流出淚來，我悄悄拉好車窗簾，遮擋去陽光，頭側靠在椅背上，靜靜地凝視著他。

我已經很久、很久沒有真正看過他了，這些年來，我要麼是視線一掃到他，就立即移開，要麼只是用眼角餘光追隨著他的背影或側影。

他睡了很久，我看了他很久。

沒有任何預兆地，他忽地睜開了眼睛，兩人的視線猝然相對，我怔了一怔，立即驚慌地轉頭，可馬上又意識到不能太明顯，所以裝作坐久了不舒服，故意揉著脖子，把頭轉來轉去，好似剛才他睜眼的一瞬，我只是恰好把頭轉到了他的眼前。

兩人的視線總會相遇，可又總是輕輕一交會就迅速移開，我都不知道到底是他在驚慌，還是我在驚慌。

我總覺得該說些什麼，可之前醞釀好的東西已經忘得七零八落。

他輕聲說：「還有一個小時才能到，睡一會兒吧，爬長城需要力氣。」

他的口氣很溫和，我的心很柔軟，所以，我雖然漠然地轉過了頭，卻聽話地閉上了眼睛。

腦子裡仍在胡思亂想，一會兒是小時候的事情，一會兒是剛才的畫面，不過，昨晚沒睡好，想著想著就真正睡著了。

猛地感覺到煞車，驚醒時，發現已經到長城了。

司機停停倒倒了幾個來回，終於把車停好。

萬里長城就在眼前，同學們激動地抓起背包，呼啦一下全衝下了車。

張駿等人走得差不多了，才慢悠悠地站起來，從行李架上把我們的背包拿下來，我剛要去拿，他卻打開自己的背包，把我的小背包壓了壓，全部放進了他的背包裡。

「你幹什麼？」

他不吭聲，施施然做完一切，把背包往肩上一背：「走吧，去爬長城！」

我只好空著兩隻手，跟著他下了車。邢老師買好票後，決定由她領隊，物理老師看著中間，沈遠哲和張駿壓後。

三十多人的隊伍，有人走得快，有人走得慢，漸漸拉開了距離。

我很快就明白了，張駿可不是好心地幫我背包，而是我的水、食物和錢都在他那裡，這下子換成我得像個鬼影子一樣跟著他了。

不過，沒多久我就顧不上琢磨這些事情了，因為這是我第一次親眼看到萬里長城。課本上、電視上的萬里長城終於真正到了腳下，我非常激動！

我、林依然、張駿、沈遠哲一邊爬長城，一邊說話。張駿今天不但不打擊我，反倒十分捧場，不知不覺中，我和他也開始說話，他已經爬過兩次長城，給我們講起以前的有趣經歷，學著北京人的捲舌音耍嘴皮子，我和林依然都被他逗得不停地笑，所有的隔閡在笑聲中好像都沒有了。

林依然看我很高興，也十分高興，變得異常活潑，爬累了時，開玩笑地問張駿，她能不能也享受背包服務，張駿立即二話不說地把她的包背了過去。

林依然衝我眨眼睛，吐舌頭笑，沒對張駿說謝謝，反倒對我敬了個禮，說了聲「謝謝」。

「去妳的，別得了便宜賣乖！」我嘴裡罵著，心裡卻暖洋洋地開心，忍不住地開懷而笑。

張駿看我笑，他也一直在笑。

我們四個說說笑笑，爬爬歇歇，所以真的是十分「壓後」。

等回程時，張駿性子比較野，不想再走大道，提議從長城翻出去，走外面的野徑。

林依然有些害怕，我努力煽動她：「我的體育全班最差，我都能走，妳也肯定能走，如果碰到野獸，我保證落在最後一個幫妳擋著。」

林依然依舊猶豫著，徵詢地看著沈遠哲，顯然沈遠哲的意見起決定作用，沈遠哲說：「我們還是不要……」

我立即諂媚地央求他：「走一樣的路多無趣，我知道你一直都很挺我，拜託你！」

沈遠哲一時間沒有回答，他的眼睛藏在眼鏡後，陽光映射下，鏡片反射著白濛濛的光，看不清楚他眼睛裡面的情緒。

他說：「那好吧，我們就違反一次紀律，只此一次。不過，先說好了，如果被邢老師和王老師發現，就說全是我和張駿的主意，妳們倆是被迫的。」

「沒問題，沒問題。」

我哈哈笑著，立即拽著林依然去找好翻的地方。

走在野外，風光和長城上又不同。

在充滿野趣的大自然前，林依然很快就忘記了擔心害怕，看到一簇美麗的野花就照相，看到一株俊秀的樹就合影，玩得比我還投入。

沈遠哲幫林依然照相時，張駿問我要不要照相，我笑著搖搖頭，他也明白我為什麼不肯再照相，想說什麼，我立即跑走了。

昨晚下過雨，很多地方很滑，林依然走得顫顫巍巍，向來心細的沈遠哲自然擔負起了照顧她的任務，碰到難走的地方，還會經常扶著她的手。

張駿幾次伸手想扶我，都被我拒絕了，我一個人蹦蹦跳跳、歪歪扭扭地走著。這種野趣，要的就是驚險刺激，如果沒了這分驚險刺激，那趣味也就大大減少了。

我們四個在荒山野嶺裡爬山涉水，終於快要到山下了。林依然拜託沈遠哲幫她照幾張相片留念，兩人一直忙著選取各個角度照相。

我站在山腳下仰頭看向高處，群山連綿，起伏無邊，氣勢壯闊非常，讓人心中自然而然有一種豪氣激盪，這樣的感覺是看再多的書也無法真正明白的。

我彎下身子，從地上撿了兩個完好的松果，放進袋子裡。

「羅琦琦。」

張駿站在一棵樹下叫我，我回頭，他微笑著說：「過來。」

我笑著走過去，他突然猛地踹了一腳大樹，人急速後退，隨著樹幹搖晃，樹葉上的積水都抖落，恍若一陣小雨飄下。

「呀！」我驚叫著躲，差點兒滑一跤。張駿趁機握住了我的手，我一邊打他，一邊哈哈大笑，「我的帽子、衣服都濕了，你說怎麼辦？」

張駿不吭聲，笑握著我的手往山下走，我要鬆開他的手，他卻不放。

起先我還沒意識到，以為他不懂我的意思：「不用扶了，我自己能走。」

他好似壓根兒沒聽到，薄唇緊抿，一臉嚴肅，眼睛只是盯著前面，等我用力抽了好幾次手，他卻越握越緊時，我終於後知後覺地反應過來這不是同學間的互相幫助。

我的心開始撲通撲通地狂跳，跳得我又甜蜜又慌亂，想看他，又不敢看，身體裡好像有無數個甜滋滋的酒心巧克力泡泡洶湧澎湃地冒出，讓人變得暈暈乎乎，什麼都忘記了，只知道跟著他走，即使他帶著我跳下懸崖，只怕我也會跟他去。

也許，我的動作無形中已經洩露了我的心意，張駿的神情不再那麼嚴肅緊張，眉梢眼角都透出了笑意。

他突然說：「那天算命時，黃薇讓我說四個女生的名字，其實我只想說妳的名字，可說不出口，我就想先說林依然的名字，再說妳的名字，那樣顯得較自然些。」

「那你怎麼後來沒說？」

他含著笑反問：「妳不也一樣沒說我的名字，當時妳真的哪個男生都不喜歡嗎？」

我們兩個都沉默了下來，身心卻沉浸在難以言喻的甜蜜中，那種透心的甜蜜，是無論多少年過去，都不可能忘記的。

等我們快走到山下時，我才想起還有兩個人：「沈遠哲和林依然呢？我們把他們給丟了！」

也不知道我說的話哪裡好笑了，張駿非常開心，眼睛裡的笑意比夏日的陽光更燦爛，他笑著指指上面：「他們老早已經回原路了。」

我抬頭看去，可不是嘛！他們正站在長城邊上，四處查看著我們，我立即甩脫了張駿的手，希望他們什麼都沒看到。

我和張駿翻回長城，他拿出相機，遞給沈遠哲，「幫我和琦琦照張相。」

我立即站了起來，也沒留意到他已經只叫我琦琦了：「我不照。」

張駿想抓我沒抓住，我已經咚咚地沿著臺階直衝而下。

一口氣跑下山，發現我們雖然回來得很晚，但是老師和同學都在採購紀念品，所以沒人在意。

我也湊在小攤上看，有核桃雕刻的十八羅漢、有景泰藍手鐲、有玻璃鼻煙壺……每一件我都拿起來把玩一會兒，然後又原樣放回去。

張駿站在我身後問：「喜歡嗎？」

我搖頭，那個時候我喜愛攝影家郎靜山、作家三毛，我崇尚的是一把牙刷一雙布鞋，走遍千山萬水，人對外物的擁有有限，人的心靈卻可以記錄下世間一切的美麗。

每個攤位都大同小異，我不買東西，所以很快就和張駿站在一旁等大家。

「你不買東西嗎？」

張駿搖了搖頭：「我光長城就爬了兩次，這是第三次，小時候還挺喜歡買這些小玩意，現在沒什麼興趣了。」

「你已經來過那麼多次，為什麼還要參加夏令營？」

張駿沒有回答，只是笑笑地凝視著我。

我臉頰發燙，嘴裡卻嗤一聲譏笑。

張駿眼中的黯然一閃而逝，柔聲說：「我們照張相片吧，就一張。」

我搖搖頭，斷然拒絕：「我不喜歡照相。」

「琦琦，我之前說過的話沒有一句出自本心，妳一直不肯正眼看我，我只是想逼妳不要再對我視而不見。當然，我也有些自暴自棄了，想著如果不能讓妳喜歡，那讓妳澈底憎恨也行，至少妳心裡有我。」

我微笑地沉默著。

一直到老師叫我們集合清點人數，他都未能說服我與他在長城上合影留念。

其實，不是不相信他，也不是記仇，而是……我自卑，自卑到不願意把自己的身影記錄在他的身邊。

上車後，張駿將相機收了起來，不知道是對自己說，還是對我說：「下一次，我們來北京把所有景點都重新玩一次，把所有不愉快的記憶都洗掉，然後再在長城上照相。」

因為年少，總覺得前面的時間很漫長，長得一切皆有可能重新來過，卻不知道時光的河，只能往前流，從來沒有重新來過。

昨天晚上沒有好好休息，今天又爬了一天的長城，坐著坐著就昏沉沉地睡了過去。

半睡半醒間，聽到邢老師的說話聲，好像在詢問張駿青島哪些地方值得去、哪些地方不值得去，張駿一一回答。

我漸漸清醒，原來青島他也是去過的，難道他真不是為了遊玩才參加這次的夏令營？

一會兒後，邢老師的聲音消失了。張駿問：「妳醒了？」

我睜開了眼睛：「你怎麼知道我醒了？」

他笑：「妳真正睡著的時候，頭會一頓一頓地直往下掉，像一隻腦袋一縮一縮的小烏龜。」

我有些羞窘，沉默著。

大概真如曉菲所說，我不笑不說話的時候，總是給人很冷漠疏離的感覺，張駿立即不敢再開玩笑：「妳生氣了？」

我笑了笑：「沒有。你幹麼這麼敏感？我生氣有那麼可怕嗎？」

他不吭聲，好一會兒後才說：「不是妳可怕，是我害怕。」

這句話不是什麼甜言蜜語，我心裡卻透出甜來，嘴角不自禁地就像月牙一樣彎了起來。

「琦琦，明天早上，一起吃早飯？」

我想都沒想，已經笑咪咪地脫口而出：「好。」

到了青島後，吃得比北京好，每天都是海鮮，住得卻比北京差，四個人一間屋，我、林依然、邢老師，和另一個女生同房。屋子裡住了一個老師，林依然她們也就是拘謹一些，我卻是全身上下都不舒服。我對老師的心理陰影竟然這麼多年過去，仍然沒有辦法徹底消除，所以只能盡量晚回房，避免和老師的接觸機會。

張駿不再和沈遠哲當室友，而是和賈公子、甄公子住同一房。

因為我跟著張駿玩，所以漸漸和甄公子、賈公子混熟。

晚上，我們四個人老聚在一塊玩拱豬，張駿玩這個很厲害，兩位公子經常到走廊裡跑一圈，打開每個宿舍的門，對著裡面叫：「我是豬。」

他們倆玩不過張駿，就轉為欺負我，常常是他們兩個剛打開哪個門對著宿舍裡的人叫了：「我是豬。」一會兒後，我就得去打開門，對著他們說：「我也是豬。」

下一次他們輸了，張駿就讓他們說：「我是一頭又髒又臭，三個月沒洗澡的懶豬。」

或者，看著我要輸了，他就索性放棄自己，讓自己輸，變成他打開宿舍的門，對同學和老師說：「我是一頭沒皮沒臉沒臉沒皮好吃懶做懶做好吃無恥卑鄙卑鄙無恥的流氓豬。」

老師和同學從剛開始笑得前仰後合，到後來處變不驚，看我們推開門，很平靜地說：「又一頭豬來了。」

我晚上和張駿的哥兒們一起玩，白天帶著林依然混在張駿的朋友圈子裡，不知不覺中，就和沈遠哲疏遠了，不過沈遠哲身邊並不缺朋友，所以，我也感覺不到我和他疏遠了。

林依然性格溫婉寧靜，剛接觸的時候會覺得她有些木訥無趣，可熟悉之後，才發現她其實一點兒都不無趣，相反地她反應迅速、言辭敏捷，甄公子和賈公子都很喜歡林依然，都對她越來越好，真心當她是朋友。

反倒是對我，絕大部分是因為張駿的面子，我的稜角太分明，行事太不羈，他們都不喜歡女孩子這樣的性格。

我們幾個一塊爬嶗山，嶗山上到處都是水，大家邊走邊玩，不亦樂乎。

居然碰到了穿著黑白長袍、綰著髮髻的道士，我過去和人家攀談，聊日常生活、聊道教文化、聊嶗山的雲、嶗山的霧……蒲松齡筆下的人物活脫脫出現在眼前，真是有太多的話要說。

甄公子和賈公子無聊得不行，拉著林依然，舉著相機，在周圍走來走去，不停地拍照，就張駿耐心地坐在一旁聽我們聊天。那個年代的道士都是真正的道士，不像現在招搖撞騙的多，兩個道士和我們聊得投機，主動當我們的導遊，領著我們參觀嶗山上的各個洞，講述這些道家仙窟的來歷。

從道士們居住的院子出來，我和張駿沒有走遊覽用的臺階道路，而是領著大家沿著野徑一路攀緣，剛開始還有路可循，到後來已經完全沒有路。

我想攀到峭壁邊緣，林依然不肯冒險，也勸我不要去，我衝著她笑：「都走到這裡了，如果不上去看一眼，以後想起來會遺憾。」

我手腳並用，往上爬，只有張駿陪著我。林依然、甄公子、賈公子都站在安全的地方等著。幾經艱難，終於到了峭壁邊緣，我眺望著前面，有很多感觸。

嶗山的海拔並不高，可山頂常年雲霧環繞，和別的山完全不同，站在這裡，完全看不清楚腳下和前面，只有雲霧，似乎自己一伸手，就能抓住一段雲霧，飛翔而去，與神仙同住，難怪古人登上這座山後，會認為這是座仙山。

學過地理之後，已經知道這只是因為嶗山靠海，濕氣遇到山勢阻礙凝結成霧，可我大概是有點兒迷信的人，明白歸明白，卻依舊朦朦朧朧地相信著草木有情、獸禽有靈，那座破落的道觀中曾住過笑看滄海的智者；在月圓的夜，窗前的石榴樹會輕笑，一樹紅花宛然就是女子的紅裙；而青石上的狐狸會靜聽著琴聲，對著月亮沉思。

山風激盪，人被吹得好像會掉下懸崖，我用手按著帽子，迎著山風又向前走了幾步。眼前雲氣蒸騰，天地蒼茫，那些「古人今人若流水，共看明月皆如此」、「念天地之悠悠，獨愴然而涕下」的感覺忽然間就真正明白了，他們已經走了，可他們的思想卻在我腦海裡復活，這一刻，我是我，我也不是我。

從小到大，我去過的地方很少，這次的北京和青島之行，真正打開了我的眼界，讓我看到了很多以往沒見過的東西，接觸到很多平常不會接觸到的人，我一面驗證著它們和書上的相同，一面體會著它們和書上的不同。這個世界的確如小波所說，值得我去奮力飛翔，追尋各種各樣的精彩。

年少癲狂，我忍不住張著雙臂對著翻滾的雲霧大叫：「喂！」帽子「呼」的一下被風捲走，翻滾在白雲間，我先是驚叫了一聲，又哈哈大笑起來。

張駿笑著抓住我的胳膊，把我拉到他身邊：「小瘋子，小心點兒。」

我眼睛圓溜溜地瞪著他，他笑著笑著就笑不出來了，只是看著我。山巔之上，野風激盪，時間卻靜止。不管海是否會枯、石是否會爛，在無開始、無終結的無涯時間中，這一刻他眼裡只有我、我眼裡只有他。

靈臺異樣清明，我忽然無比清晰、無比悲哀地明白，人生中這樣的時刻可遇不可求。也許，他很快就會忘記，而我會一生一世記得，記得在我十六歲那年，他曾陪我站在嶗山之巔。

甄公子大叫：「喂，喂，你們兩個沒變成化石吧？」

賈公子也叫：「你們看夠了沒有？看夠了，就下山。」

張駿向甄公子和賈公子揮了揮手，和我說：「不用理他們，如果妳想多待一會兒，我們就再待一會兒。」

我微笑：「不用了。」

這就是人世，即使我們已經從書本上積累了前人的智慧，知道它不尋常、很寶貴，可是我們仍然只能放手讓它離去，因為時光的指標永遠都在轉動，不會停止。

下山的路比剛才更難走，幸虧張駿身手矯健，在他的幫助下我平安返回。一直緊張著的林依然總算鬆了口氣：「下次可別這樣了，太危險了！」

我笑說：「我們去找大部隊吧，也該下山了。」

林依然立即說好，她從小到大都是規矩孩子，如今跟著我，總是幹些無組織、無紀律的事情。

等我們嘻嘻哈哈地尋找到大部隊時，邢老師和王老師已經等了我們好一會，正急得蹦蹦跳，大概因為賈公子在，他們倒也沒發火，只裝模作樣地說了張駿兩句。

回到住處，吃過晚飯，張駿說想先去沖澡，等沖完澡後來找我。

我洗完澡、收拾好東西後，張駿還沒來找我，我暗笑一個大男生洗得比我還慢。想著過一會兒，邢老師就會回來，我不願和邢老師接觸，所以不想待在宿舍裡，就先出去散步。

正沿著小徑走，碰到了沈遠哲，自然而然就變成了兩個人一塊兒散步。

沈遠哲躊躇半晌，才半試探地說：「妳和張駿……沒想到這麼快就化解了矛盾，成了朋友。」

我對他感到抱歉，於是從頭解釋：「其實我和張駿是小學同學，還一起參加過數學競賽，彼此關係也算熟，只不過上國中後，就不怎麼說話了，我一直沒告訴你，真的很抱歉。」

他呆了好一會兒才說：「沒關係，是我自己太笨了。張駿不是多話刻薄的人，更不可能刁難女生，妳也不是那麼小氣、一激就怒的人，明明你們倆都行事反常，黃薇和林依然都看出了異樣，我卻一直想不明白，傻乎乎的。」

我又是愧疚，又是甜蜜，愧疚於對不起沈遠哲，甜蜜於從別人口裡印證出張駿的感情：「真是對不起，讓你花了那麼多心思調解我和張駿的矛盾。」

沈遠哲淡淡地笑著：「沒有關係，妳和張駿都是我的好朋友，你們能……和睦相處，我也挺高興的。」

我感激地說：「謝謝你。」

沈遠哲和我邊走邊聊，我忘記了時間，等張駿找到我們時，已經九點多。沈遠哲和張駿打了聲招呼，立即走了。

我和張駿道歉：「沒戴錶，忘記時間了。」

張駿低著頭沉默了好一會兒後，抬起頭笑著說：「沒關係。」

第二天，早上聽課，下午去海邊玩。

上車後，夏日的驕陽恰射到我臉上，我正懷念被風吹走的涼帽，眼前一暗，張駿把一頂涼帽扣在了我頭上，我拿下涼帽看，發現是一頂很漂亮的寬簷草編米色涼帽，笑問：「哪裡來的？」

他不回答，只問：「妳喜歡嗎？」

「嗯。」

他很開心的樣子，把帽子戴回我的頭上。

我忽然明白過來，這是他昨兒晚上特意去買的，難怪我洗完澡後，他仍沒回來。我想說謝謝，又想說對不起，最後，卻什麼都沒說。

我們從小在內陸城市長大，很多人都是第一次見到海。到了沙灘邊，看到電視上的畫面變成了真實，大家都激動起來，脫了鞋子，捲起褲管在海灘玩。

因為張駿提醒過我最好穿短褲，所以我省去了這些麻煩，和林依然牽著手在海灘邊跑，等我們瘋跑了一圈回來，發現黃薇換了泳裝出來，她走到海邊，試探著從哪裡下水。

邢老師說：「妳一個人最好別下水，就在邊上隨便游著玩玩就行了。」

她答應了，可下水後，在邊上玩了一小會兒，就越遊越遠，邢老師和王老師都是旱鴨子，著急得不行，同學和老師一起拚命叫她，她也聽不到。

邢老師急得叫張駿：「你是不是會游泳？趕緊去把她叫回來。」

張駿從沙灘上的小販那裡買了一件泳褲，換了後跳進海裡，去追黃薇。

兩個人在海裡很久，仍沒回來。

波浪一起一伏，人的腦袋又都差不多，從遠處根本看不大清楚，可邢老師和王老師仍一直站在海邊，手搭在額頭上擔心地眺望著，同學們卻沒老師那麼多擔心，開始各玩各的。

因為張駿不在，我和甄公子又一直相處得磕磕碰碰，所以我也沒和他們一起玩。我、林依然、沈遠哲三個人在海灘邊修碉堡、挖城池。

其實我心裡很擔心張駿，大海的無邊無際令人畏懼，可越擔心，反而越不想表現出來，只是用眼角餘光留意著海面。

我們的城堡修了大半個之後，張駿和黃薇才返來，邢老師氣得不行，第一次發了火，不知道是對黃薇的父母有顧忌，還是因為黃薇是女生，邢老師的怒火全衝向張駿，罵得張駿狗血淋頭。

我們都靜悄悄地不吭聲，就甄公子和賈公子像看戲一樣，擠眉弄眼地笑。等邢老師罵完，張駿微笑著向甄公子、賈公子走去，兩個人立即逃，可惜跑不過張駿，張駿一個人把他們兩人都扔進了大海裡，兩個人渾身上下全部濕透。

賈公子惦記著老師的叮囑，不敢胡鬧，濕著身子從海裡走了出來，甄公子卻索性穿著衣服往大海深處遊，氣得邢老師跳起來，扠著腰叫：「甄鄆，你給我滾回來！」

甄公子在海裡叫：「在海裡怎麼滾？我不會啊！」

大家都想笑不敢笑，邢老師又氣又笑，跺著腳大叫：「你再不回來，我就讓你明天一個人留守宿舍。」甄公子慢吞吞地游了回來，邢老師嘴裡罵他，手裡卻找了條毛巾遞給他。

張駿去換了衣服回來後，看到我和沈遠哲、林依然在修城堡，他走過來，我朝他笑了笑，繼續趴在地上修城堡，他在一邊沉默地看著。

等我們修完了，我笑問他：「我們的城堡怎麼樣？」

他笑了笑：「很好。我們去海邊走走。」

我低著頭忙碌：「再等一下，我的護城河還沒引水。沈遠哲，我們從這裡挖一條傾斜的河道，可以把漲潮時的海水引到護城河裡。」忙著忙著，一抬頭，發現張駿不知道何時已經離開，站在浪花中，眺望著大海，背影顯得有些孤零零。

「我去買瓶水，過會兒回來。」

我對沈遠哲和林依然撒了個一戳就破的謊後，跑去找張駿。快靠近他時，躡手躡腳地走過去，猛地跳到他身邊：「嘿，你怎麼不和我們一塊兒修城堡？」

他看到我，立即開心地笑了：「妳等會兒，我馬上回來。」

他跑過去，和正在照相的甄公子、賈公子說了幾句話後，又跑了回來。

我們兩個人赤腳在海水裡散著步，有默契地向著遠離老師和同學的方向越走越遠。

他牽住了我的手，我又一次像是被電流電過，昏昏沉沉、酥酥麻麻的透心甜蜜。

他說：「妳不問問我嗎？」

「問什麼？」

「問我為什麼在海裡和黃薇待了那麼久？」

「我不想問，因為我能猜到為什麼。」

我朝他做鬼臉，嘲諷著他的桃花運。即使剛開始沒明白，現在也已經猜到黃薇喜歡他。

他猛地拖著我的手跑起來，邊笑邊跑，直到我跑不動，向他求饒，保證以後絕不再嘲笑他。

我們站在海灘邊，只覺得天很可愛，地很可愛，海很可愛，反正眼睛裡看到的一切沒有不可愛的，不管他或者我，隨便說一句話，兩個人就能莫名其妙、毫無原因地笑了又笑。那種傻傻的幸福啊，單純、美妙，大概只能盛開在絢爛熱烈的青春裡。

張駿對我說：「海浪襲上來時，我們跳起來，看看誰在空中待的時間久，誰能落下去時，躲開浪花。」

「嗯。」我摘掉了眼鏡和涼帽，把它們放到沙灘上。

我們跳起來，又落下，跳起來，又落下，海浪在我們腳邊翻滾，我們大聲地笑。兩個人玩得興起，又都是性子有些野的人，顧不上衣服會全部濕透，手拉著手向著海浪走，和海浪正面對抗，海浪撲到我們身上，碎裂成千萬朵浪花。

我畢竟是第一次接觸海，又不會游泳，開始害怕，想要後退。他抓住我，「如果浪花來了，妳就閉住呼吸，憋上一口氣，過上一瞬，浪走了，再吸氣就可以了。我會一直抓著妳，不會讓妳被海浪捲走的。」

有了他，恐懼淡了不少，天性追尋冒險刺激的一面被激起，隨著他越走越深，海水已經和我齊腰。當一個浪潮湧來時，我緊閉呼吸，閉上了眼睛，感覺轟隆一下，自己似乎被洶湧的大海捲進了水底，身體被衝擊得不受控制，害怕、恐懼、刺激都有。他緊緊抓著我，我緊緊抓著他，那一刻，似乎我所唯有的就是他，他就是我整個世界的支柱。

一會兒後開始潮落，水位下降，我的頭又露了出來。我長出一口氣，劇烈地咳嗽著，畢竟沒有經驗，還是被嗆著了，他眼睛裡全是笑意，看著我大笑。

我又是咳嗽，又是擦眼睛，又是抹頭髮，還能抽出空來給他一腳。

等休息夠了，我們手牽著手，再開始準備迎接下一次的海浪。

茫茫碧濤中，我們成了彼此的唯一，潮湧潮落間，放聲大笑，肆意快樂。

Chapter 34

青島的最後一天

多麼希望當時，我可以不那麼自卑；多麼希望當時，我可以不那麼驕傲，雖然即使那樣，我們也許仍不可能在一起，但是至少當時我們會更快樂一點兒，現在你會更願意回憶過去一點兒。

在青島的日子過得太快，似乎轉眼之間，就到了最後一天。

最後一天，上午進行了一場簡單的海洋知識考試，下午到軍艦上參觀，回來後舉行閉幕式，頒發了優秀營員獎狀，然後，正式結束了這次夏令營。

第二天就要離開青島，賈公子大概想到又要回到他老爹的嚴厲管制中，強烈要求晚上要放縱一回。張駿和甄公子去買了三瓶白酒、一箱啤酒、一大堆零食，偷偷搬運到宿舍的樓頂上。

張駿的朋友自然是甄公子、賈公子，我想請林依然和沈遠哲，張駿居然不同意。我讓他給我一個理由，他說因為林依然是乖女孩，肯定不能適應。

告訴他，可是我和邢老師住一個屋，如果就我一個人很晚回去，老師會起疑，拉上我們班的第一名，老師就不會多想。他權衡了一下，只能同意。

我們把紙箱子拆開，平鋪在地上，帶著兩個手電筒，就在樓頂上偷偷摸摸地開起了惜別會。

張駿、甄公子抽菸的姿勢都很嫻熟，賈公子竟然是第一次抽菸，當他笨手笨腳地學著張駿吐煙圈時，甄公子狂笑。張駿給我拿了一罐啤酒，我搖搖頭：「我不喝酒。」

「從來不，還是戒了？」

「從來不。」

他愣了一下，沒想到我跟著小波他們混了那麼久，竟然滴酒不沾，又問：「那菸呢？」

「偶爾會抽著玩。」

張駿拿了一根菸給我，我夾著菸，低下頭，湊在他的菸前點燃，抬頭時，看到沈遠哲和林依然吃驚地盯著我，我朝他們笑了笑。林依然不抽菸，也不喝酒，抱著一袋青島的特產烤魚乾，半是緊張，半是好奇地看著我們。張駿教賈公子划拳，賈公子只要一輸，立即就喝酒，看得出來，他很享受被家長和老師禁止的放肆。

甄公子嫌光喝酒沒意思，拉著大家一起玩開火車，地名由他決定。

他問：「誰當青島？」

我和張駿都搶著說：「我當。」

大家都望著我們倆狂笑，後來張駿做了北京，我做了青島，林依然是南京，沈遠哲是上海。

我如果輸了，張駿幫我喝酒；林依然如果輸了，沈遠哲幫她喝酒。定好規矩後，大家開始玩。

「開呀開呀開火車，北京的火車開了。」

「到哪裡？」

「南京。」

剛開始還玩得像模像樣，漸漸地就混亂了。賈公子酒量很淺，醉得一塌糊塗，非要拉林依然的手，說是有心事告訴她，嚇得林依然拚命躲。甄公子坐到林依然身邊，把自己的手給賈公子，賈公子就把他的手捏在掌心裡，摸啊摸，邊摸邊哭邊說：「依然啊……」林依然憋著笑，漲紅著臉，看著甄公子和賈公子。甄公子一臉賊笑，不停地對她做鬼臉。

沈遠哲酒量比甄公子要好，可一人喝了兩人份，也醉得一塌糊塗，貼著牆角，雙手撐在地上，非要倒立給我們看，證明他沒有醉，一邊趴在地上不停地倒立，一邊還不停地叫我們，非要讓我們看他。我們都咿咿呀呀地答應著，實際理都不理他。

張駿一個人喝了兩個人的酒，卻只有五、六分醉。我和他趴在圍欄上，眺望著這座城市並不輝煌的燈火，身後的吵鬧聲一陣又一陣地傳來，我們卻奇異地沉默著。

他夾在指間的菸，幾乎沒有吸，慢慢地燃燒到了盡頭。看到我在看他，他解釋說：「自從國三出了那事後，我就把這些東西都戒了，現在就是朋友一起玩的時候，做個樣子。」

我點了點頭，表示理解。

他感嘆地說：「許小波是真心對妳好。」

「以前是的，現在我們已經絕交了。」

「我和以前的朋友也不來往了。」

我們都沉默地看著遠處，在那段叛逆的歲月中，他固然是幸運者，我又何嘗不是呢？

他突然說：「我好高興。」

我詫異地側頭看他，他又說了一遍：「我好高興。」

我漸漸明白了他的意思，低聲說：「我也是。」

他猛地握住我的手，非常大聲地對著天空大吼：「將來我們結婚時，到青島來度蜜月。」

我騰地一下，臉漲得通紅，幸虧後面的那幫傢伙都醉傻了，沒醉傻的也以為我們醉傻了。我過了很久，才很輕、很輕地「嗯」了一聲，他卻立即就聽到了，衝著我傻笑。

不管別人如何看這座城市，它在我們心中，是最美的一個夢，我們笑著約定，一定會再回來。

我們都以為，只要有了約定，就可以永遠保留住那分幸福。

我們取道北京回家，因為是暑假，火車票不好買，尤其是臥鋪票，邢老師麻煩了甄公子才替所有人搞定了火車票。統計買臥鋪票的人數時，多了好幾個同學登記。其實，我手頭也有餘錢，不過，我早就想買一套魯迅全集了，所以，想都沒有想就放棄了。

在車站時，張駿一手拖著自己的行李，一手拖著我的行李，我有點緊張，怕老師發現異樣，後來看見也有別的男生幫女生拿行李，才放下心來。火車站的人非常多，邢老師一邊緊張地點著人頭，一邊大叫著說：「都跟緊，別走散了，到臥鋪車廂的跟著我，張駿押後；去硬座車廂的跟著王老師，沈遠哲押後。」

我要拿回自己的行李時，張駿說：「妳跟著我走就行了。」我不解地看著他，走在前面的甄公子回頭笑著說：「張駿已經讓我給妳買了臥鋪票。」

周圍幾個聽到這話的同學，視線都盯向我，黃薇眼中更是毫無掩飾的鄙夷不屑。我突然覺得很受傷，我是沒錢，可我很樂意坐硬座，我一把抓住自己的行李：「放手！」

張駿看到我的臉色，猶豫了一下，放開了手。我拖著行李，小跑著去追林依然和沈遠哲。

直到上了火車，我仍覺得自己臉頰發燙，手發抖。

不一會兒，張駿就匆匆而來，和林依然打了聲招呼，坐到了我旁邊。我側頭看著車廂外面不動，也不說話。張駿完全不能理解我那一瞬間的羞辱感，在他看來，他買了臥鋪票，想給我一個驚喜，是為了讓我能坐得更舒服，這樣我們倆也有更多一點兒的私人空間，可我卻生氣了。

他在一旁賠了很久的小心，又說好話，又說軟話，低聲央求我去臥鋪車廂，我仍然緊閉著嘴巴，看著窗外，不和他說話。我的冷漠，他的小心，引起了同學們的注意，很多同學都看著他，他面子掛不住，終於動怒，不再理我，自己一個人去了臥鋪車廂。

林依然安靜地坐回我身邊，不敢說話，只是泡了一杯茶給我，放在桌上。

我凝視著窗戶外面飛逝而過的樹叢，開始困惑，這次的夏令營真像一場隔絕在凡塵俗世之外的夢，是不是火車到站，就是我的夢醒來時？是不是真的就像雪萊所說的「今天還微笑的花朵，明天就會枯萎，我們願留駐的一切，誘一誘人就飛，什麼是這世上的歡樂，它像嘲笑黑夜的閃電，雖明亮，卻短暫」？

周圍的同學都在打牌，一會尖叫，一會笑罵，因為混熟了，比來時玩得還瘋還熱鬧，我卻有一種置身在另外一個空間的感覺，滿是盛宴散場的悲涼感。

甄公子、賈公子都在這邊玩牌，他卻……不過他肯定不會寂寞，因為黃薇也沒有過來。

暮色漸漸席捲大地，車窗外的景物開始模糊，我正盯著窗外發呆，身側響起了張駿的聲音：「不要生氣了，這次是我做錯了。」

我額頭抵著玻璃窗戶，不肯理他。他可憐兮兮地說：「我已經把臥鋪票和同學交換了，我和妳一塊兒坐硬座車廂。」他小心翼翼地拽了拽我的衣服，又小心翼翼地拽了拽我的衣服：「喂，妳真打算從今往後都不和我說話了？那我可會一直黏著妳的。」

我起先還悲觀絕望到極點的心，剎那間又溫柔喜悅地跳動起來，臉上依舊繃著，聲音卻已經溫柔：「你其實不用和我坐一起，你晚上去臥鋪車廂休息，白天再過來玩就可以了。」

「不用，妳喜歡坐硬座，我和妳一塊兒坐。」

我又說了很多遍，他笑嘻嘻地充耳不聞，那邊有同學叫我們去打牌，他問我要不要去，我很貪戀兩個人的獨處，搖了搖頭。

張駿說：「妳躺下睡一會兒。」

因為同學們都擠在一起玩，我們的這個三人座位只坐了我們倆。根據這麼多天坐火車的經驗，一個人側著睡的話，空隙處還能勉強坐一個人。我用幾本書做了個枕頭，摘了眼鏡，躺下來，盡力讓腿緊靠著椅背，給他多一些空間坐。

雖然一直以來，同學們都是這麼彼此輪流著休息的，可坐在旁邊的是張駿，感覺就完全不一樣了，心裡既甜蜜，又緊張。

可他坐得端端正正，一邊戴著耳機聽歌，一邊拿著我的書翻看著，我的心漸漸安穩，微笑著閉上了眼睛。因為才十點多，車廂裡還很吵，我很睏，卻很難入睡。忽然感覺張駿小心翼翼地撥開我的頭髮，將耳塞放進我的耳朵裡，我一動也不敢動，裝著已經睡著了。

張駿應該選擇了迴圈播放鍵，所以，一直重複播放著一首歌。我很少關注流行歌壇，又是粵語歌，聽不懂唱什麼，只覺得很是溫潤好聽，很適合用來催眠。等一覺醒來時，耳邊依舊是情意綿綿的歌聲。

很多年後，我已能流利地說粵語，在朋友的車上，從電臺聽到這似曾熟悉的旋律，才知道是陳百強的〈偏偏喜歡你〉。那一瞬，低頭靜聽中，漫漫時光被縮短成了一首歌的距離，可驀然抬頭時，只見維多利亞港灣的迷離燈火。

原來已是隔世。只有〈偏偏喜歡你〉的歌聲，一如當年。

醒來後，看了看錶，凌晨三點多，還有很多同學在打牌，時不時地大笑著。

張駿趴在桌上打盹，我想坐起來，動了一下，他立即就醒了：「怎麼了？」

「我睡好了，你也躺一會兒。」

「我沒關係，妳睡妳的。」

「我真睡好了，這會兒硬睡也睡不著，白天睏了再睡。」

我拿了洗漱用具去刷牙洗臉，又梳了頭。自從和張駿在一起後，我不知不覺中少了幾分大剌剌，開始留意自己的外表。回去後，張駿已經躺下了，笑咪咪地看著我，我坐到他身旁，拿起書，靜靜看著，因為怕驚擾到他，一動都不敢動，時間長了腰酸背疼，十分難受，卻感到無限甜蜜。

我放下了書，低頭靜看著他。真難相信，這個人竟然就躺在我伸手可觸的距離內，和他在一起的每一天都有一種不真實的感覺，忍不住地笑，我就像一個土財主，偷偷地看著自己的財富，一個人傻笑。不經意的一個抬頭，發現沈遠哲正看著我，我很不好意思，沒話找話地說：「你醒了？」

他點點頭，看了一眼錶，發覺已經快凌晨六點，決定去洗漱，省得待會兒人都起來時就沒有水了。那個年代的硬座車廂總是水不夠用，稍微晚一點兒就會無法洗漱。

等他洗漱回來，我們倆小聲聊著天。他講起他妹妹沈遠思，沈遠思竟然和林嵐一個學校，因為兩個人是一個城市出去的，所以成了好朋友。沈遠哲顯然不是一個善於傳播他人資訊的人，在我的追問下，也只簡單地說了一些林嵐的事情。

兩人正在低聲交談，張駿醒了，他坐起來，迷迷糊糊地說：「我好渴。」

我忙把水杯遞給他，他卻不肯自己拿，半閉著眼睛，就著我的手喝了幾口，仍在犯睏的樣子。

「如果睏就再睡會兒。」

他又搖頭。

「那去刷牙洗臉，要不然待會兒就沒水了。」

「陪我一塊兒去。」

剛睡醒的張駿像個孩子，我朝沈遠哲做了個無奈的表情，幫大少爺拿用具，服侍他去洗漱。

等我們回來時，沈遠哲已經和別人換了座位，正在和另一個同學一塊兒吃早飯。

張駿把他的背包拿下來，開始從裡頭掏出大包小包，問：「要吃什麼？」

我驚駭地看著堆滿一桌的零食，搖搖頭。

他說：「那我們去餐車吃早餐。」

「如果你想吃，我就陪你過去，我在火車上不喜歡吃肉和澱粉，只喜歡吃水果，所以你就不用管我了。」

張駿很洩氣的樣子：「羅琦琦，妳知不知道妳很難討好？」

我不解地問：「你為什麼要討好我？你根本不需要討好我。」

他又幫我削了一個蘋果，我本來不餓，可盛情難卻，只能吃下去。吃完後，反倒胃裡不舒服，不好告訴他，只說自己有些累，靠著坐椅假寐。

車廂裡漸漸熱鬧起來，聽到甄公子他們的聲音：「打牌打牌，同學們，讓我們抓緊最後的時間狂歡。張駿，快過來！」

「你們玩吧，我看一會兒書。」

張駿一直坐著未動，難得他這般愛熱鬧的人竟肯為我安靜下來，我的感動中瀰漫著惶恐。

我睜開了眼睛：「我想喝點兒熱水。」

他十分欣喜，似乎很享受照顧我，立即幫我去倒了一杯熱水，我慢慢地喝完一杯熱水，感覺胃裡好受了一些。

一個同學打輸了牌，站在座位上，對著全車廂大叫：「我是豬！」

全車廂都哄然大笑。不管是來的時候，還是去的時候，有了我們這群人的車廂總是多了很多快樂，青春真是一件好東西。

我笑著說：「我們也去打牌吧！」

張駿笑著點頭。

一群人在一起玩鬧，時光過得分外快，沒玩多久已經是晚上。想著明天一大早就要下車，我一點兒睡意都沒有，只想時光永遠停駐在此刻。

張駿似乎也有類似的想法，到後來，什麼都不肯再玩，就是和我說話。

夜色已深，旁邊的同學在打牌，對面的同學在睡覺，只我們倆在低聲私語。我們也沒談什麼正經事，全是瞎聊，起先他裝模作樣地給我看手相，胡扯鬼吹地談什麼事業線、愛情線，後來我想起八班的趙蓉買了一本星座書，立即借過來，翻著研究。

我是天秤座，他是金牛座，應張駿的強烈要求，先看我的。

天秤座的守護星是金星，屬性是風向星座。人際相處中注重平衡，她們天性優雅、溝通能力強，容易被信任。她們很容易感到孤獨，害怕被孤立，希望戀人陪著他們。

可風向屬性又決定了天秤女們害怕被束縛，她們古怪善變，有一套自己的行事邏輯，內心並不如外表那麼隨和。她們很任性卻以優雅裝飾，很特立獨行卻又顯得很親切，很多情卻善於冷靜，她們古道熱腸時往往熱得水都會沸騰，可是冷若冰霜時又凍得周遭都結冰……

張駿問我：「說得對不對？」

我說：「溢美之詞都是正確的，誹謗之言都是錯誤的。」

張駿嘿嘿地笑：「我怎麼覺得正好相反啊？溢美之詞都不對，誹謗之言都特別正確。」

我拿著書敲他，又翻到前面去看他的。

金牛座的守護星是金星，屬性為土向星座。他們做事不浮躁不衝動，考慮周全，善於忍耐。他們很有藝術細胞，具有欣賞和品味藝術的潛能。他們非常固執，一旦認定就不會變，不管是一份感情、一份工作，還是一個環境。這既是他們的優點，也是他們的缺點。

金牛座的男人做事向來不急躁，戀愛方面也是如此，他不會見妳一面，就莽莽撞撞地投進愛情的陷阱，當他看中一個女孩之後，他會觀察很久再決定到底要不要追求，但一旦決定，他們會無一絲保留地全心付出。金牛座的男人是居家型男人，渴望家庭和諧，對家人有強烈的占有欲和保護欲，是潛在的大男人主義者，他們也許沉默容忍，但是非常重視尊嚴……

我邊看邊笑：「啊！我們有同一個守護星——金星，掌管愛與美。」

我和他相視而笑，大概只有戀愛中的人，才會為那一點點莫名其妙的巧合而喜悅。

張駿對自己的性格分析沒有任何興趣，我在看書，他在看我。

我說：「你才不像老實可靠的牛呢！」

「那我像什麼？」

「像豬。」

「妳才是豬。」

「你才是。來，說一聲『我是豬』。」

「說什麼？」

「我是豬！」

「妳是豬。」

「我是豬！」

「是啊，妳是豬！」

我們倆就這麼說著廢話，樂此不疲，笑個不停，那個時候，好像不管說什麼、做什麼都十分有趣，十分甜蜜。一夜的時間，竟然那麼快就過去了，我一點兒都不覺得睏，就是覺得捨不得，無限依依又無限依依。

下了火車，學校有車來接我們，坐上汽車，看著周圍熟悉的景致，我突然有一種恐慌，我們回到現實世界了。我和張駿都安靜沉默地坐著，好像都找不出話來說，兩人之間流淌著奇怪的陌生感，好似剛才在火車上竊竊私語、笑談通宵的是別人。

司機大概是陳淑樺的粉絲，放了一張陳淑樺的專輯，車廂裡一直都是她的歌，從〈夢醒時分〉到〈滾滾紅塵〉。

「起初不經意的你，和少年不經事的我，紅塵中的情緣，只因那生命匆匆不語的膠著……」

張駿還茫然無知，我卻感覺如同心尖上被刺扎了一下，裝作欣賞風景，把目光投向了窗外。

「來易來去難去，數十載的人世游，分易分聚難聚，愛與恨的千古愁，本應屬於你的心，它依然護緊我胸口，為只為那塵世轉變的面孔後的翻雲覆雨手……」

在歌聲中，車停在了我家樓下，我妹妹正在樓下和朋友玩，看到我們，大叫著激動地跑過來：「姐！姐！」又對著樓上大叫，「爸！媽！姐回來了！」張駿要下車幫我拿行李，我立即緊張地說：「不用，不用。」自己用力拖著行李，搖搖晃晃地下了車。我都不知道我緊張什麼，害怕被爸媽看見？害怕被鄰居看見？

我媽在陽臺上探了下腦袋：「行李放地上就行了，妳爸已經下去了。」

張駿站在車邊默默地看著我，邢老師、王老師在車裡和我揮手再見，我爸爸對老師說謝謝。

我站在妹妹身邊，禮貌地微笑著和老師、同學說再見。身處爸爸、媽媽、妹妹、老師、同學的包圍中，我和他的距離剎那就遠了，聲音喧譁、氣氛熱鬧，而心卻有一種荒涼的沉靜。

我妹拽著我的手，往樓上走，唧唧喳喳地問：「北京好玩嗎？妳在天安門上照相了嗎……」

在那個年代，那個年齡的感情只能躲藏於黑暗中，我連回頭的時間都沒有，就回了家。

到家後，把給妹妹、媽媽、爸爸的禮物拿出來，他們都很開心，妹妹纏著我問北京和青島哪個更好玩，我卻神思恍惚。媽媽說：「坐火車太累了，在外面吃得又不好，妳先去休息，我買了很多好菜，晚上給妳做好吃的。」

我回到臥室，躺在床上，雖然很疲憊，卻睡不著。看到熟悉的書櫃、熟悉的床鋪，我覺得我就像是午夜十二點之後的灰姑娘，一切的魔法消失，回到了現實世界。

在外面，只有我們這群人，張駿一時鬼迷心竅。回到這裡，他的生活精彩紛呈，我算什麼呢？所以，美夢已醒，不管心裡是痛苦，還是哭泣，表面上卻只能若無其事地微笑。

那些回不去的年少時光【中卷】　卷終

茶蘼坊35

那些回不去的年少時光 的 〔中〕

作　　者　桐　華

總 編 輯　張瑩瑩
副總編輯　蔡麗真

責任編輯　鄭淑慧
美術設計　洪素貞 (suzan1009@gmail.com)
封面設計　蕭旭芳
校　　對　仙境工作室
行銷企畫　黃煜智、黃怡婷

社　　長　郭重興
發行人兼出版總監　曾大福
出　　版　野人文化股份有限公司
發　　行　遠足文化事業股份有限公司
地址：231 新北市新店區民權路 108-2 號 9 樓
電話：（02）2218-1417　傳真：（02）8667-1065
電子信箱：service@bookrep.com.tw
網址：www.bookrep.com.tw
郵撥帳號：19504465 遠足文化事業股份有限公司
客服專線：0800-221-029
法律顧問　華洋法律事務所　蘇文生律師
印　　製　成陽印刷股份有限公司
初　　版　2014 年 6 月

定價　240 元
ISBN　978-986-5723-33-0

歡迎團體訂購，另有優惠，請洽業務部（02）22181417 分機 1120、1123

國家圖書館出版品預行編目 (CIP) 資料

那些回不去的年少時光 / 桐華作 . -- 初版 . -- 新北市 : 野人文化出版 : 遠足文化發行 , 2014.05-2014.06
冊 ;　公分 . -- (茶蘼坊 ; 34-36)

ISBN 978-986-5723-32-3(上卷 : 平裝). --
ISBN 978-986-5723-33-0(中卷 : 平裝). --
ISBN 978-986-5723-34-7(下卷 : 平裝)

857.7　　103006274

那些回不去的年少時光〔中〕

線上讀者回函專用 QR CODE，您的寶貴意見，將是我們進步的最大動力。

野人文化
讀者回函卡

感謝你購買《那些回不去的年少時光》中卷

姓　名　　□女　□男　年齡

地　址

電　話　　手機

Email

□同意　□不同意　收到野人文化新書電子報

學　歷　□國中(含以下)　□高中職　□大專　□研究所以上
職　業　□生產/製造　□金融/商業　□傳播/廣告　□軍警/公務員
□教育/文化　□旅遊/運輸　□醫療/保健　□仲介/服務
□學生　□自由/家管　□其他

◆你從何處知道此書？
□書店：名稱 ______　□網路：名稱 ______
□量販店：名稱 ______　□其他 ______

◆你以何種方式購買本書？
□誠品書店　□誠品網路書店　□金石堂書店　□金石堂網路書店
□博客來網路書店　□其他 ______

◆你的閱讀習慣：
□親子教養　□文學　□翻譯小說　□日文小說　□華文小說　□藝術設計
□人文社科　□自然科學　□商業理財　□宗教哲學　□心理勵志
□休閒生活（旅遊、瘦身、美容、園藝等）　□手工藝／DIY　□飲食／食譜
□健康養生　□兩性　□圖文書／漫畫　□其他 ______

◆你對本書的評價：（請填代號，1. 非常滿意　2. 滿意　3. 尚可　4. 待改進）
書名 ____ 封面設計 ____ 版面編排 ____ 印刷 ____ 內容 ____
整體評價 ____

◆你對本書的建議：

廣　告　回　函
板橋郵政管理局登記證
板橋廣字第143號

郵資已付　免貼郵票

23141
新北市新店區民權路108-2號9樓
野人文化股份有限公司 收

野人

請沿線撕下對折寄回

野人

書名：那些回不去的年少時光【中卷】　書號：0NRR0035